Mitsuharu & Suou
「逢魔が時の花屋で会いましょう」

逢魔が時の花屋で会いましょう

海野　幸

キャラ文庫

この作品はフィクションです。
実在の人物・団体・事件などにはいっさい関係ありません。

目次

逢魔が時の花屋で会いましょう

口絵・本文イラスト／コウキ。

闇に香る赤い花

会社帰りに迷い込んだ商店街は、赤紫のセロファンを透かし見たような禍々《まがまが》しい色に染まっていた。

空の色が尋常でない。まるで『逢魔《おうま》が時』だ。

高熱のせいで視界がかすむ。最寄り駅で降りたはずなのに、いつのまにか見覚えのない路地に迷い込んでいた。車も入れない細い通りに人気《ひとけ》はなく、廃墟《はいきょ》にでも迷い込んだ気分だ。

駅まで引き返そうと身を翻しかけたとき、ふと視線を感じた。シャッターの下りたクリーニング店と、古いアパートの隙間で何かが動いた、ような気がする。

熱で体に力が入らず、建物の壁に肩を押しつけるようにして暗がりを覗《のぞ》き込む。肩で息をしていると、建物と建物の間から声がした。

――何かいる。

「何をしているんですか」

背後から声をかけられ、大げさなくらい肩が跳ねた。振り返れば、誰もいなかったはずの通りに背の高い男が一人立っている。

その姿に、息が止まってしまうかと思った。

不穏な色の夕焼けに容赦なく全身を染められた男の長い睫毛《まつげ》や、緩くうねる前髪の先から赤い日差しが滴る。まるで全身血を浴びたようだ。

彫りの深い男の顔に影が落ちて、くっきりとした陰影が生まれる。赤と黒に彩られた顔はあまりにも完璧な左右対称で、いっそ人工的なくらいだ。

逢魔が時にふさわしい、化け物じみて美しい男だった。

目を見開いて立ち尽くしていると、男がふっと唇に笑みを浮かべた。

鼻先を濃厚な花の香りが掠《かす》め、暗がりで一斉に赤い花がほころぶ幻覚を見たようで視界がぶれる。男の赤い唇が動いて、ひそやかな声で尋ねられた。

「ここで、何を見ました?」

答える前に、背後の暗がりから突風が吹いてきて体がよろけた。

男が両腕を差し出して、その広い胸に抱きとめられる。甘い花の香りが鼻先を過《よぎ》り、捕まった、と思った。

あの瞬間、正真正銘自分は捕まったのだ。逢魔が時に現れた、化け物じみて美しいあの男に。


「遠野《とおの》君、この書類今日中にパソコンで清書しておいてくれる?」

昼休みが終わる直前、自席でパソコンを立ち上げていると、営業部の高浜《たかはま》に手書きの資料を渡された。

「月曜の朝一に必要なんだ」

五十絡みの高浜はパソコンの扱いが苦手だ。頼むよ、と両手を合わせられ、光春《みつはる》は眉を八の字にする。手渡された資料自体は数枚だが、高浜の字は癖が強いので判読が難しい。今日中に終わらせたい仕事は他にもある。

今日中は無理かもしれません。他の仕事もありますし――と、そんな言葉が喉元まで出かかったが、ぐっと呑《の》み込んで頷《うなず》いた。

「……わかりました」

「ありがとう！　よろしくね」

満面の笑みを浮かべて自席に戻っていった高浜の資料をめくり、光春は小さな溜息《ためいき》をついた。

光春が勤めているのは町の小さな内装工務店だ。

社員の大半は職人で、社内に常駐している人間は経理部兼総務部の光春と、綿貫《わたぬき》という女性社員の二人だ。あとは営業部の人間が終日慌ただしく出入りしている。

去年の春に大学を卒業した光春は新卒採用で経理部に配属されたのだが、気がつけばパソコン関係の仕事を次々と押しつけられ、今や営業事務まで兼任している。

溜息を呑み込んで午後の予定を組み直していると綿貫も戻ってきた。綿貫は四十代で、会社から支給された事務服を着ている。光春が眺めている資料を見て大方の事態を察したのか「また高浜さん？」と苦笑して光春の隣の席に腰を下ろした。

「いい加減自分で清書しろって言えばいいのに」

「人差し指一本でキーボード叩《たた》いてる高浜さんにそれを言うのも酷な気がして……」

「遠野君は優しいねぇ。さすが、我が社に咲く一輪の花」

「なんで僕が花なんです。花と言うなら、この会社の紅一点の綿貫さんでしょう」

「あたしは遠野君みたいにたおやかじゃないもん。お花ってイメージもないだろうし」

そう言って、綿貫は大きな口を開けて笑う。

からかわれているのかと弱り顔で俯《うつむ》いたが、無論綿貫に悪意はない。

光春はすらりと背が高く、姿勢もいい。色白で、端正な姿は純白の水仙を思わせる。男性にしては線の細い繊細な面立ちを称して花と呼ばれているのだが、そのことを光春本人は自覚していない。社内の最年少だから好き勝手言われているのだろうと思う程度だ。

「でも遠野君、午前中も見積書作っておくよう誰かから頼まれてなかった?」

「ええ、急ぎで一件……」

「じゃあ今日中に仕事終わんないでしょ。高浜さんの仕事はあたしがやっとくよ」

返事をする前に綿貫に高浜の資料を取り上げられた。恐縮して礼を言うと「駄目だよ、間に合わないときは間に合わないってちゃんと言わないと」と釘《くぎ》を刺されてしまった。

光春もそれは自覚している。でも言えない。言おうとすると喉の辺りに空気の塊が詰まって息が苦しくなる。

（……本当のことを言ったところで、言い訳めいて聞こえてしまうかもしれないし）

どれだけ誠実に本心を喋《しゃべ》っても、自分の言葉は相手に届かない。そんな不安が拭えなかった。自信のない声のせいだろうか。口調のせいか。端《はな》から真面目に取り合ってもらえないだろうという諦観が強く、言葉を呑み込む癖がついてしまった。

痛むわけでもないのに喉をさすっていたら、綿貫が口元に悪戯《いたずら》っぽい笑みを浮かべた。

「ほら、早くしないと定時になるよ？　今日は彼女に会いに行く日じゃないの？」

「彼女？」と声を裏返らせると、綿貫がキーボードを叩きながら楽しげに笑った。

「あら、違った？　ここのところ金曜日は定時で帰れるように頑張ってるみたいだったから、もしかしてって思ったんだけど」

「ち、ちが、違いますよ……！」

本当かなぁ、と綿貫が笑う。

本当だ。光春に恋人はいない。だから綿貫の想像は間違っているのだが、まったくの的外れとも言えない。

ここのところ光春は、毎週金曜日に片想《かたおも》いの相手のもとを訪ねているのだから。

会社から自宅の最寄り駅まで、電車でおよそ三十分。定時で会社を出て、帰宅ラッシュの波に揉《も》まれながら駅を降りれば、駅前の喧騒《けんそう》に紛れて寺の鐘の音が聞こえてくる。

光春の住む町は、駅の近くに大きな寺があり、毎日欠かさず六時半と十八時半に鐘をついている。駅前の商店街は昔ながらの店が多く、十九時にはシャッターを閉めてしまうので、夕暮れに響く鐘は終業間近の合図と化していた。

六月に入り、寺の鐘が鳴るこの時間帯でもまだ辺りは明るい。これなら間に合いそうだと、光春はいそいそ改札を抜けた。

駅の周辺には放射線状に商店街が伸びていて、それぞれ「駅前通り」「レンガ通り」「公園前通り」と名前がついている。通りの両脇には飲食店や八百屋、病院、クリーニング店など、個人経営の店がこまごまと並んでいて買い物には事欠かない。

光春は去年、就職を機にこの土地に引っ越してきた。普段は駅前通りと呼ばれる一番大きな通りを歩いて自宅に帰っているのだが、金曜だけは別だ。駅前通りを通り過ぎ、レンガ通りに足を向ける。

レンガ通りはその名の通り、地面にレンガ調のタイルが敷き詰められている。

寺の鐘を合図にそろそろ終わり支度を始めた店の前を大股で通り過ぎ、商店街の一番端にある花屋の前で足を止める。

赤い日除《ひよ》けに白い字で『山田《やまだ》生花店』と書かれた店だ。外には花をつけた鉢植えが並び、庇《ひさし》からは観葉植物がぶら下がっていた。

店内には背の高い観葉植物と、切り花を収めたガラスケースが置かれている。店先は狭く、三人も客が入れば一杯だ。奥にはレジカウンターがあり、二十代後半と思《おぼ》しき男性がその向こうに腰かけている。その姿を見て、光春はワイシャツの胸元を握りしめた。

首回りのゆったりした黒いカットソーにデニムを合わせ、洗いざらしの黒いエプロンをつけた男は黙々と本を読んでいる。筋の通った鼻は高く、厚みのある唇も形がいい。よくできた彫刻のような美しい横顔だ。

彼こそが光春の片想いの相手で、この花屋の店主、蘇芳《すおう》恭介《きょうすけ》だ。

半月前、高熱を出してレンガ通りでふらついていた光春は蘇芳に声をかけられた。

その日はちょうど水曜で、レンガ通りに軒を連ねる店の多くは定休日だった。蘇芳の店も休みだったのに親切にも店を開け、光春を店内で休ませてくれた。それだけでなく、足元の覚束《おぼつか》ない光春のためにタクシーを呼び、運転手に紙幣まで渡して車に乗せてくれたのだ。

数日後、すっかり回復した光春がタクシー代を返しに店を訪れると、蘇芳はすぐさま店先まで出てきて「何事もなくてよかった」と微笑《ほほえ》んでくれた。近寄りがたいくらい整った顔をしているくせに、笑顔が思いがけず親しげで、すっかり心を撃ち抜かれた。

あのときから――いや、もしかしたら初めて見たその瞬間から、光春は蘇芳に心を奪われている。

何度か深呼吸を繰り返し、平常心をかき集めてから店内に足を踏み入れた。すぐに蘇芳が顔を上げ、読んでいた本を閉じた。

「いらっしゃいませ、遠野さん」

少し癖のついた前髪の下で、蘇芳がゆるりと目を細める。初対面で介抱してもらったときに軽く自己紹介をしているので、互いに名前は知った仲だ。

光春はぺこりと会釈をして、花の入ったガラスの保冷ケースに目を移した。目的は花であって蘇芳など眼中にもない、という態度を装うが、頰に蘇芳の視線を感じて落ち着かない。別に本を読んでくれていてもいいのに。

平常心、平常心、と繰り返しながらケースの中を覗き込んでいたら、とりどりに並ぶ切り花の中に紫色の花を見つけた。他の花のような花弁はない、毬《まり》のような形をした花だ。

なんという花だろうと思っていたら、すぐそばで蘇芳の声がした。

「遠野さんも律儀ですね」

花に気を取られているうちに蘇芳がレジ裏から出て、隣に立っていた。硬直する光春には気づかぬ様子で一緒にケースを覗き込み、冗談めかした口調で言う。

「タクシー代もちゃんと返してくれたんですし、無理に花を買いにきてくれなくてもいいんですよ?」

狭い店内で隣に並ばれると、互いの肩が触れそうだ。蘇芳に向けた頰にじわじわと熱が集まっていくのを気取られぬよう、花を凝視したまま口を開いた。

「お礼で買いにきているわけではないので」

「だったら、誰かにプレゼントでもしてるんですか？　恋人とか」

蘇芳は平均男性よりも背が高い。光春と並ぶと、こちらの耳元にちょうど蘇芳の口がくる。隣で喋られると、耳元で何事か囁《ささや》かれている気分になって落ち着かない。

意味もなく耳を触りながら「いませんよ、恋人なんて」とぎこちなく笑い返すと、ひょいと蘇芳がこちらの顔を覗き込んできた。わざわざ目線の高さを合わせ、黒真珠のような目を細めて笑う。

「だったら、よかった」

間近で花のほころぶような笑みを見せつけられ、危うく声を上げそうになった。

（よ、よかったって、な、なんで……⁉）

言葉の真意を読み取れず目を白黒させていると、蘇芳が目元にかかる前髪を掻《か》き上げた。

「俺も恋人がいないので、気楽な独り身同士仲良くしましょう」

（あっ、そういう……！）

軽い調子で言われ、どっと肩から力が抜けた。同性同士なのだから深い意味があるはずもないのに、逐一反応してしまう自分が恥ずかしい。

「プレゼントではないなら、買った花はご自宅に飾ってらっしゃるんですか？　水切りすると長持ちしますよ」

「……一応、してます。母がフラワーコーディネーターだったので」

「お母様が？　それはすごい」

　蘇芳が目を丸くする。近寄りがたいほどの美形なのに、案外と表情が豊かだ。

「じゃあ、今度遠野さんに花束の作り方とか教えてもらわないと」

「僕もちゃんと習ったわけではないので、本職の方に教えられることなんて何も……」

「本職だなんて、俺だってこの店を開いてまだ一年程ですし、花のこともよく知りません」

　蘇芳はくすぐったそうに肩を竦《すく》めて笑う。飾り気のない表情に目を奪われながらも、花のことを知らないのにどうして花屋など開いたのだろうと不思議に思った。

　蘇芳は光春より四つ年上の二十七歳だそうだ。その年で自分の店を構えるなんて相当な覚悟が要ったはずだろうに。

　ぽーっと蘇芳の顔に見惚《みと》れていたら、視線に気づいたのか蘇芳もこちらを見た。緩く目を細められただけで心臓がボッと大きく膨らんで、とっさに視線を前に戻す。

　さすがに不自然だったたか。慌てて無難な話題を探した。

「あの、この花屋の名前、山田生花店ですけど、す、蘇芳生花店じゃないんですね」

「ああ、そうですね。この店は前の店主から丸ごと譲り受けたんです。店名もそのまま使わせてもらってます」

　相槌《あいづち》を打ちながら、店を丸ごと譲り受けるとはどんな状況だろうと思いを巡らせる。

　なんとなく、店を譲った山田氏なる人物は女性ではないかと思った。自分と同じく蘇芳の美貌に胸を撃ち抜かれ、ねだられるまま店を譲った姿が目に浮かぶ。

単なる妄想なのに妙にリアルに想像できてしまうのは、蘇芳にどことなく崩れた色気があるからだ。花屋になる前はホストをやっていた、なんて言われたら、なるほどそんな感じだな、と素直に信じてしまうくらいに。

接客にしても、普通の花屋の店員より距離が近い。嬉《うれ》しい半面、光春などはときめいてしまってまともに蘇芳の方を向くこともできない。

「あの、今日もお任せで、ブーケを……」

「お母様がフラワーコーディネーターの遠野さんにブーケを作るなんて荷が重いですね」

「別に僕自身は花に詳しいわけでもないので……」

「でも、こうして何度も花を買いにきてくれるくらいには花が好きなんでしょう？」

蘇芳が身を屈《かが》めて花のケースを開ける。店内の空気が動いて、ふわりと甘い香りが鼻先を掠《かす》めた。

香水でもつけているのか、蘇芳はいつも心地のいい匂いをまとっている。しっとりと濡《ぬ》れたバラのような香りだ。香水をつける習慣のない光春は、それだけで蘇芳から伊達《だて》な印象を受けてくらくらする。

匂いに気を取られて返答が遅れ、妙な沈黙が落ちてしまった。ケースの中を覗き込んでいた蘇芳が振り返り、おや、と言いたげに眉を上げる。

「もしかして、花以外の目的があってここに通ってくれてました？」

図星をつかれて息を呑み、慌てて首を横に振った。

「も、物心ついた頃から家に花があるのが当然だったので、花を買うのは習慣で……！」

実際、大学進学を機にひとり暮らしを始めた後も、誰に言われるまでもなくアパートに花を飾っていた。就職後も、蘇芳の店に通うようになるまでは駅前通りの花屋で月に二度ほど花を買っていたのだ。

「……本当に、花が好きで」

店内に響く自分の声は弱々しい。嘘《うそ》などついていないのに、自分の耳にすらなんだか嘘っぽく聞こえてしまって焦った。

本当です、と重ねて言おうとしたら、蘇芳が目元をほころばせた。

「そうですよね。遠野さん、毎回花束を受け取るときすごく嬉しそうな顔をしてくれるので、わかります。すみません、変なこと言って」

信じてもらえてほっとしたものの、蘇芳の顔が見たいという下心があるのも本当なので良心が痛んだ。自己嫌悪に陥る光春をよそに、蘇芳はケースから花を取り出す。

「ご予算は二千円ですね。承知しました。芍薬《しゃくやく》なんてどうですか？　そろそろつぼみが開きそうなので。あとはトルコキキョウと、こんな花はどうです？」

そう言って蘇芳が手を伸ばしたのは、紫色の毬を思わせる球形の花だ。

「これ、ルリタマアザミって言うんですが——」

「アザミ?」

花の名を耳にした瞬間、蘇芳の言葉を鋭く遮っていた。蘇芳は驚いたような顔で手を引っ込め、そうです、と頷く。

「あの、アザミは、ちょっと……」

声尻が震えてしまった。花の名前を口にするだけで首裏がざわざわと落ち着かない。「アザミが苦手なんですか?」と問われ、ぎこちなく頷く。

「なんとなく、苦手です」

「へえ……棘《とげ》があるからですか?」

尋ねられてもよくわからない。光春自身、アザミに苦手意識を抱いている理由は曖昧だ。でもこの花を眺めていると不安になる。アザミの名を口にするのも怖い。

田舎に住む祖母の家の近くには庭でアザミを育てている人もいたが、あの頃からアザミは苦手だった。祖母と一緒にアザミの咲く家にお茶を飲みに出かけるときは少々憂鬱だったものだ。

田舎の年寄りは訛《なま》りがきつい。標準語より濁点が多い印象の言葉はよく聞き取れない。庭に植えられたアザミの花がざわざわ揺れる。その向こうからたまにアザミの名前が飛び出して、そのたびに慌てて花から離れた。

「……名前が苦手なのかもしれません」

思いつくまま口にしたら、冗談だとでも思われたのか「名前が？」と蘇芳に笑われた。

その反応を見てハッとする。真面目に答えたつもりだったが、また妙なことを言ってしまっただろうか。その場限りの適当な発言と思われたかもしれない。

「あの……芍薬とトルコキキョウだけで、大丈夫です」

「でも」

「本当に、それだけで」

相手に最後まで言わせず押し切った。蘇芳は何か言いたげな顔をしたものの、黙ってもう一本芍薬の花をケースから出してくれた。

言葉少なに支払いを済ませて店を出る。店先で「またお待ちしております」と頭を下げる蘇芳に会釈を返し、足早に店から離れた。

綺麗《きれい》にラッピングされた花束を手に夜道を歩く。商店街を抜けると人通りも街灯も減って、薄暗い住宅地はひっそりと静かだ。

夜道に自分の靴音と、花を包むフィルムがかさかさと鳴る音が響く。

俯きがちに歩いていたら、ふと首筋に視線を感じた。立ち止まって振り返ったが、背後には誰もいない。

よくあることだ。首の裏を掌《てのひら》でこする。

（子供の頃は、視線だけじゃなくて本当に誰かに後をつけられてたんだよな……）

物心ついたときから、光春は変質者に目をつけられやすかった。たびたび怪しい人影を見かけるので、小学生の頃は両親や学校の先生によく相談もした。

けれど、どうしてか誰も光春の指さす不審な影を見つけられない。

大人も見つけられない不審者を見つけられるなんて、自分はよほど目がいいのだと得意になって、光春は怪しい影を見かけるたびに指をさし「あそこにいるよ」と周囲に伝えた。

しかし不審者は捕まらず、代わりに光春は虚言癖を疑われたのだ。

(本当にいたのにな……)

今も断言できる。あれは嘘ではなかった。電柱の陰に、ブロック塀の後ろに、不審な影は確かにあった。でも信じてもらえなかった。

それ以降、光春は極端に口数が減った。本当のことを言っているのに信じてもらえないのは、大人たちが本気で探していないせいだ。本気になってもらえないのは、自分の言葉が嘘っぽく聞こえてしまうからだと思い込んだのだ。

誰とも口を利かなくなった光春に声をかけてくれたのは、遠方に住む母方の祖母だった。祖父に先立たれ田舎で独り暮らしをしていた祖母の家で、光春は小学四年生の夏休みをまるまる過ごした。

その夏を境に、不審な影を目にすることが急激に減った。だから大人たちは、やっぱり気のせいだったのよ、と光春の不安を笑い飛ばした。

でも、相変わらず視線は感じる。いつも誰かに見られている気がする。

そのことを、光春は誰にも相談しなかった。実害はないし、また虚言癖を疑われても困る。

けれど一度だけ、もしかしたら、と信じて友人に相談を持ち掛けたことがあった。

相手は高校のクラスメイトだ。バスケ部で、背が高くて、クラスの誰に対しても分け隔てなく明るく笑う彼のことが光春は好きだった。

初恋だった。自分の恋愛対象が同性なのだとしっかり自覚したのもこのときだ。

卒業式を目前に控えたある日、たまたまその相手と二人きりになる機会があった。

卒業後の進路は別々で、あと数日もすれば彼と顔を合わせることもなくなる。告白なんて大それたことはできないけれど、せめて秘密を共有したくなった。

きっと彼なら信じてくれる。そう思い、たまに感じる視線のことを打ち明けた。ただの視線とは思えない。皮膚がチリチリ疼《うず》くような気さえする、と。

光春としては、たった一言「そうなんだ」と真剣な顔で相槌を打ってもらえればそれでよかった。解決策など求めていなかったが、返ってきたのは思いもよらない言葉だった。

「やばい、遠野って怖い話とかするんだ？『何かに見られてる気がする』って言い方、マジで怖い」

面白がるような顔で笑われ、とっさに自分も「鉄板ネタだから」と笑顔を作った。

あのときの、胸の内側にすぅすぅと風が通るような気持ちは未《いま》だに忘れられない。

クラスメイトの隣で無理やり笑いながら、ああやっぱり、と諦観に似た気分で思った。小学生の頃と一緒だ。こんなに真剣に喋っても、自分の言葉は真に受けてもらえない。その一件が決定打になって、光春は思ったことをすんなり口にすることができなくなった。どうせ信じてもらえない、という思い込みに強く絡めとられ、会社に病欠の連絡をすることすらできない。仮病を疑われてしまいそうで怖いからだ。

思えば蘇芳に初めて会った日も、体調不良を押して出社した挙句、熱がひどくなって上司に早退させられた帰りだった。

自宅アパートに帰ってきた光春は、のろのろと靴を脱いで部屋に上がる。

1Kのアパートは入ってすぐがキッチンで、帰宅するや着替えも後回しにキッチンで花の水切りを行った。

蘇芳の選んでくれた芍薬は、つぼみの先が柔らかくほころび始めている。二、三日中には綺麗に咲くだろう。

出がけに用意しておいた口の広いガラスの花瓶に花を生け、奥の部屋へと向かう。寝室兼居間の八畳には、ベッドとテレビ、窓辺に置かれたパソコン机くらいしか物がない。

机の上には、先週蘇芳の店で買ったオレンジ色のダリアが白い花瓶に生けられている。その隣に芍薬を飾り、光春はつくづくと花を眺めた。

（毎週通ってたら、やっぱり変かな……）

蘇芳に片想いをしているものの、想いを伝えるつもりはさらさらない。ただの常連としてたまに言葉が交わせれば十分だ。

せめて隔週にしないと下心に気づかれてしまうかもしれないが、蘇芳の顔が見られないのは辛《つら》い。本当は毎日でも通いたいところだ。

光春は花瓶の前で溜息をつく。

面食いのつもりはなかったが、蘇芳は別だ。あの美貌には妙な中毒性がある。

初対面の時、夕日の中で見た印象が強すぎるのかもしれない。美しい顔を彩る、毒々しいほどの暗い赤。

蘇芳の名が示す通りだ。蘇芳色は黒みを帯びた赤のことを言い、固まりかけた血の色、と評されることもある。不穏だが、それを凌駕《りょうが》するほどに美しい。

「……蘇芳さん」

芍薬を眺めながら呟《つぶや》いて、ハッとした。誰もいない部屋で好きな人の名前を呟くなんて中学生でもあるまいし。

恥ずかしくなって意味もなく花瓶の位置を変えていたら、手元にはらりと芍薬の花びらが落ちた。白い花びらは光春の手の上に落ちて、次の瞬間じわりと茶色く変色する。

「え……っ」

つまみ上げた花びらは水気を失い、枯れかけたような色になっている。花瓶に入っている芍薬はまだつぼみの状態なのに。

光春は目を瞬かせ、花びらとつぼみを交互に見て首を傾《かし》げた。

（……つぼみの裏に、別の花の花びらでもついてたのかな）

花びらが落ちた瞬間は白かったように見えたのだが。見間違いか、と結論づけ、枯れた花びらを手にキッチンへ向かう。

だから光春は気づかない。室内に、どこか不穏な花の香りが重く立ち込め始めたことに。

そろそろ定時を迎えようかという頃、パソコンに経費を入力していたら、外回りを終えた高浜が事務所に入ってきた。

「見てよ、会社の前に猫がいたからスマホで撮っちゃった！」

日に焼けた顔に満面の笑みを浮かべた高浜が、光春と綿貫の席までやってくる。

太い眉毛に四角い顎と厳《いか》つい風貌の高浜だが、猫を前にするとだらしないくらい相好が崩れる。会社の前で撮ったという写真を差し向けられ、綿貫は呆《あき》れ混じりの苦笑を漏らした。

「高浜さん、本当に猫好きですね」

「好きだね。家でも飼ってるし。ほら、うちのチヨちゃん」

携帯電話で撮った愛猫の写真を向けられ、光春はわずかに体を強張《こわば》らせた。

「ほら、可愛《かわい》いでしょ」

「あらほんと、可愛い」

写真を見た綿貫が口元に笑みを浮かべる。実に自然な反応だ。

続いて高浜は光春にも画面を向ける。写っていたのは白と黒のハチワレだ。

可愛い、と思った。けれどとっさに声を出すことができない。

思ったまま、可愛い、と言えばいい。だがあまりに淡々とした調子ではお世辞のように聞こえないだろうか。かといって、「わぁ！　すごく可愛いですね！」なんて言うのもわざとらしい。

考え込んで、妙な沈黙が生まれてしまった。

高浜と綿貫がじっとこちらを見ていることに気づいて、慌てて笑顔を作る。

「可愛いです」

「……本当にそう思ってる？」

疑わしげに尋ねられ、何度も首を縦に振ったが、高浜はいかにも不満げな顔を崩さぬまま自分の席に戻ってしまった。

高浜の背中を目で追って、光春は小さな溜息をついた。

素直に思ったことを言えばいいのに、本当らしく聞こえるかどうかが気になって会話のテンポが遅れてしまうのはいつものことだ。

初恋の相手にすら真剣な相談事を笑い飛ばされて以来、自分でも自分の言葉が空々しく聞こえるようになってしまった。

項垂《うなだ》れていると、綿貫に軽く背中を叩かれた。

「高浜さんも大人げないね。誰にだって好き嫌いあるんだから、気にしなくていいって」

「……いえ、本当に可愛かったです」

「あっはは、ほんと？」

綿貫は面白い冗談を聞いたと言わんばかりに笑ってもう一度光春の背を叩いた。

「もう定時過ぎてるし、今日はもう帰っちゃったら？　急ぎの仕事もないでしょ？」

消沈していた光春は素直に礼を述べ、仕事にきりをつけるとのろのろと帰り支度を始めた。

会社を出て重い足取りで駅に向かう。

こんな日は、どうしても過去の出来事が脳裏に延々蘇《よみがえ》る。

小学生のとき、大人たちから虚言癖を疑われた。それが子供たちに伝播《でんぱ》したのか、同級生たちからは嘘つき呼ばわりをされていた。いじめというほど大げさなことはなかったが、ときどききちくりとからかわれる。

家庭科クラブに入っていたクラスの女子が、クラブで作ったクッキーを光春にくれたことがある。

一枚食べて、美味《おい》しい、と口にしたら、周りの男子が「本当にそう思ってんのか？」「遠野はすぐ嘘つくから」とからかってきて、ひどく困った。そのうちクッキーをくれた女子も泣き出して、光春まで泣きたい気分になったものだ。

（あの子自身、僕の言葉が嘘っぽく聞こえたから泣いたんじゃないだろうか……）

以来、褒め言葉を口にすることに躊躇《ちゅうちょ》するようになった。何か感想を求められるのも同様だ。

項垂れて自宅の最寄り駅で電車を降りると、喧騒に交じって寺の鐘の音が耳を打った。

（……まだ蘇芳さんのお店、開いてる時間だ）

無意識に蘇芳の顔を思い出してしまい、慌てて首を横に振った。

蘇芳の店で芍薬の花を買ったのは先週の金曜。今日はまだ木曜日だ。下心がばれぬよう隔週で店に通うことを検討していたはずなのに、むしろ間隔を短くしてどうする。

（でも先週買った花、もう枯れてるんだよな）

光春はマメに水切りをしているので大抵の切り花は二週間近くもつのだが、今回は不思議なくらいあっという間に枯れてしまった。

六月に入って急に気温が上がったせいだろうか。日が延びて、日中花瓶に直射日光が当たっていた可能性もある。

どちらにしろ、現在部屋には花がない。蘇芳が目当てなわけではなく、純粋に花が必要なのだと自分に言い訳して花屋へ向かう。

いそいそと店の前までやって来た光春だが、店内を覗き込んで動きを止めた。先客がいたからだ。

花を収めたガラスケースの前に立っていたのは、制服姿の女子高生だ。その視線は明らかに蘇芳の方へ向けられていて、ちっとも花を見ていない。

熱っぽい眼差《まなざ》しから、彼女が蘇芳に対してどんな感情を抱いているのか容易にわかってしまって、心臓がぎゅっと縮こまった。

(やっぱり……僕以外にも蘇芳さん目当てでお店に来る人、いるんだな)

蘇芳に熱烈な視線を送っている高校生は華奢《きゃしゃ》で、顔立ちも可愛らしい。何より女性だ。

蘇芳だって同じ自分目当ての客なら、同性より異性の方が嬉しいに決まっている。

(……同性に色目なんて使われても、迷惑でしかないだろうし)

そんなことを思ってしまい、弾んでいた胸が急にしぼんだ。

今日は帰ろう、と踵《きびす》を返しかけた光春だが、蘇芳がレジカウンターの奥から出てこないことに気づいて足を止めた。

光春が店を訪ねるときは必ず隣に並んで一緒に花を選んでくれるので、おや、と目を瞬かせた。女子高生にあれだけ露骨な視線を向けられて、蘇芳も気づいていないわけがないだろうに。

カウンターの上でリボンの整理などして一向に自分を見ない蘇芳に痺《しび》れを切らしたのか、女子高生が声を上げた。呼ばれてようやく立ち上がった蘇芳は普段通りの笑顔だ。別に機嫌が悪いというわけでもないらしい。女子高生が指さしたピンクのバラを一輪取り、二、三言葉を交わしてレジ奥に戻っていく。

笑顔で接客をしつつも、蘇芳は一切無駄口を叩かない。光春が花を買うときは、ラッピングの間も何かしらずっと喋っているのに。

買い物を終えた女子高生と蘇芳が店から出てきて、光春はとっさに近くの電柱の陰に隠れた。

「ありがとうございました」と女子高生に頭を下げる様子を窺《うかが》っていると、見送りを終えた蘇芳がくるりとこちらを振り返った。

慌てて電柱の後ろに隠れたが、蘇芳はまっすぐ近づいてくる。そして電柱の後ろを覗き込み、茶目っ気たっぷりに笑った。

「こんな所で何してるんです？　遠野さん」

こうなるともう逃げも隠れもできず、光春はおずおずと電柱の後ろから身を出した。

「花を、買いにきたんですが……他のお客さんがいたようだったので」

「わざわざ外で待っていてくれたんですね。お気遣いありがとうございます」

どうぞ、と笑顔で促されて店の中に入る。ガラスケースの前に立つと、当たり前のように蘇芳も隣に並んだ。

「今日はどんな花をご所望で？」

「え、えぇと、二千円で花束を、お任せで」

「承知しました。遠野さんが木曜にいらっしゃるなんて珍しいですね。いつもは金曜に来てくれるのに」

「そう、ですね……」

「今日はカラーなんていかがですか？　白バラと一緒に……ああ、でも先週お渡しした花も白い芍薬と薄紫のトルコキキョウでしたね。白っぽい花が続いてしまうかな」

唇に指先を当てて考え込んでいる蘇芳の横顔を、光春はまじまじと見詰める。

女子高生の視線にはまるで反応しなかったのに光春の視線にはすぐに気づいて、蘇芳は「どうしました？」と首を傾げた。

「いえ、さっきのお客さんとは、あまりお喋りをしていなかったようなので……」

自分とはこんなに喋っているのに、などと言うのはさすがに自意識過剰か。

語尾を曖昧にしてごまかそうとしていたら、蘇芳が少し身を屈めて顔を近づけてきた。

「態度が違うの、気になります？」

「そ、そうですね……ちょっと……」

「遠野さんは特別なんです」

耳元で囁かれた声はたっぷりと吐息を含んで甘く、直前までとはまるで響きが違って飛び上がった。あたふたと後ずさりした光春を見て、蘇芳はにっこりと笑う。

「毎週通ってくれる常連さんなんてそういませんから」

「そ……っ、そういう……意味ですよね！」

わかってました！　とばかり頷いてみせたが、内心それ以上の意味を想像してしまい羞恥で耳まで赤くなる。

蘇芳は腰に手を当て「それにあの年頃のお客さんは難しいんです」と困ったような顔で笑った。

「ちょっとしたことで勘違いされてしまうので」

「勘違いというと……」

「気があると思われてしまって」

さもありなん。同性の自分ですら心が浮ついてしまうのだから、年若い女子高生などひとたまりもないだろう。

「この前も、女子高生にプレゼントを渡されそうになりまして」

「さっきの子ですか？」

「いえ、別の子です。近くの雑貨屋さんで素敵なペンダントを見つけたから、なんて言われましたが、さすがにお断りしました」

苦笑して、蘇芳は目にかかる長めの前髪を後ろに撫《な》でつける。

「その女子高生が持ってきてくれたペンダント、公園前通りにある鉱石ショップで売っているものだったんです」

「そんなお店があるんですか……」

「ちょっとアジアンテイストなお店ですよ。俺もたまに行きます。お守りみたいな鉱石とか、お香やアクセサリーなんかも売ってますね。プレゼントしてもらったネックレスは、ポップに『恋愛が成就する石』なんて書かれていたもので……」

それは、と言ったきり言葉に詰まる。蘇芳が受け取れなかったはずだ。

「わ、若い子は、おまじないとか好きですからね……」

蘇芳はゆったりとした動作で腕を組み、そうですね、と目を細める。

「ちなみに、遠野さんは『おまじない』ってどういう漢字を書くか知ってます?」

「え、さぁ……？」

「『呪い』って書いて、お呪《まじな》いって読むんですよ。そんなもの、うかつにもらえないでしょう」

不穏な言葉にぎょっとした。無言で頷く光春を見て、蘇芳は表情を和らげる。

「それで、どのお花にしますか？　明るい色の方がいいですかね」

尋ねられ、蘇芳と一緒にケースを覗き込んだ。中には今日もみずみずしい季節の花が並んでいる。目移りしながらも一通り花を眺め、あれ、と光春は首を傾げた。

「どうしました？」

「いえ……アザミがないな、と思って」

あの紫色の丸い花がない。売り切れたのだろうか。案外人気なのかな、などと考えていたら、蘇芳が少し声を潜めた。

「実は、アザミを店先に並べるのはやめたんです。お得意様が苦手だとおっしゃるので」

「お得意様って……」

まさかと思いながら蘇芳を見上げると、内緒話をするような声音で言われた。

「遠野さんにまた来てほしくて」

目を丸くする光春を見て、蘇芳は悪戯が成功したような顔で笑う。無邪気な笑顔に心臓を撃ち抜かれ、危うく「ぐぅっ」と呻《うめ》き声を漏らしてしまいそうになった。

こんなのただの冗談だ。今日はたまたまアザミを仕入れていなかっただけだろう。

だが、アザミが苦手だという自分の言葉を聞き流さずに覚えていてくれたのは純粋に嬉しかった。赤くなってしまった顔を隠すように俯く。

「……そんな接客をしていたら、女子高生に勘違いされても文句言えませんよ」

「誰にでも言っているわけではなく、遠野さんだけですよ。特別だって言ったでしょう」

軽々ととどめを刺されて二の句も継げない。顔を赤くして黙り込む光春のために蘇芳が選んでくれたのは、水色のアジサイと濃い青のデルフィニウムだ。

初夏らしい爽やかな花を丁寧に包みながら、蘇芳はのんびりした口調で言う。

「先週買った芍薬はどうです？　つぼみは開きましたか？」

不意打ちに、うっかり言葉を詰まらせてしまった。

もう枯れたと言ったら、蘇芳はどんな顔をするだろう。先週の時点ではつぼみだったのだ。信じてもらえないかもしれない。

余計なことは言わずに無言で頷く。そのまま会話が流れてくれることを祈ったが、蘇芳は花を包む手を止め、レジカウンターの向こうから光春の顔をじっと見た。

「もしかして、あまり綺麗に咲きませんでしたか？」

「いえ、そんな」

「全部枯れてしまったとか？」

いいえ、と言おうとしたが、蘇芳の視線があんまりまっすぐで声が引っ込んだ。

嘘をつくべきかどうか迷った。本当のことを口にしているときですら他人に疑われがちなので、普段から無用な嘘はつかないようにしているのだが。

信じてもらえるかわからない。でも蘇芳は答えを待っている。

逡巡《しゅんじゅん》の末、光春は苦しい表情で口を開いた。

「……枯れました。毎日水も替えていたし、直射日光にも当てないようにしていたんですが」

せっかく買った花を無下に扱ってしまったようで申し訳ない。決して世話の手を抜いたわけではないのだと訴えたかったのだが、次の瞬間ハッとして口をつぐんだ。

（この言い方じゃ、まるで花自体に問題があったように聞こえるんじゃ？）

恐る恐る視線を上げると案の定、蘇芳は険しい顔で目を伏せていた。

言いがかりをつけられたと思われてはたまらない。レジ台に手をつき、勢いよく身を乗り出した。

「あの！　僕のお世話の仕方が悪かっただけなので！」

突然の大声に驚いたのか、蘇芳がぱちりと目を瞬かせた。

「でも、毎日水も替えて、直射日光にも当てないようにしていたんですよね？」

「はい、買った翌日にはもう花が項垂れていたので水切りもしました。深水法も……」

「そうですか……。店先に並べていた芍薬はつい先日まで綺麗に咲いていたんですが」

光春の顔から血の気が引く。

店頭の花は問題なく咲いていたのに、光春が持ち帰った花だけが枯れてしまったなんて誰が信じてくれるだろう。蘇芳の顔に疑わしげな表情が浮かぶのも時間の問題な気がして、しどろもどろに言葉を重ねた。

「あの、嘘ではないんです、本当に、手を尽くしたんですが枯らしてしまって……。でも、決してこのお店の花に不満があったわけではなくてですね……！」

喋るほど声が上擦った。こんなことだから自分の言葉は誰にも信じてもらえない。自信のなさが声に出てしまう。

青ざめて唇を震わせていると、蘇芳の目元がぴくりと動いた。と思ったら、突然ぶはっと噴き出される。

一瞬、状況も忘れて蘇芳の表情に目を奪われてしまった。いつもの色気を帯びた笑い方とは違う、顔いっぱいの笑顔だ。

「そんな必死にならなくても。大丈夫ですよ、疑ったりしませんから」

「でも、店頭の花はなんともなかったのに、僕が買って帰った花だけ枯れるなんて……。本当にちゃんとお世話はしてたんです！」

「大丈夫です、それも疑ってません。深水法なんて知ってる人が花の世話を疎《おろそ》かにするとも思えませんし」

光春の狼狽《ろうばい》ぶりがよほどおかしかったのか、蘇芳の目元にはまだ笑みが残っている。

「環境が変われば花の咲き方も変わりますから。たまたま遠野さんのお宅では咲きにくかったのかもしれません」

「……信じてくれるんですか？」

「疑う理由がないでしょう」

「僕が悪質なクレーマーの可能性もあるじゃないですか」

こちらは至極真面目な話をしているつもりなのに、蘇芳はさも愉快な話を聞いたと言いたげに笑うばかりだ。

「遠野さん、そんな人じゃないでしょう」

きっぱりと断言され、光春の方が声を詰まらせてしまった。

蘇芳は手早く花を包んで会計を済ませると、「ちょっと待っててください」と言い置いてバックヤードに引っ込んだ。

戻ってきた蘇芳に手渡されたのは、掌に載ってしまうくらい小さな包みだ。ほんのり透ける白い紙は薬包紙のようにも見える。五角形に折られた紙の中に何か入っているが、さすがに中までは透かし見えない。

中身を尋ねるつもりで蘇芳に視線を向けると、「栄養剤です」と返された。

「うちの店特製の薬です。まだ完全に乾燥していないので、しばらくその包みは開けずにいてください」

「乾かさないといけないんですか」

「ええ。乾く頃に声をかけますから、それまで保管しておいてください。花瓶の中にその薬を入れれば花が元気になると思いますよ」

「ありがとうございます。おいくらですか？」

再び財布を出そうとすると、カウンターの向こうから蘇芳の手が伸びてきた。

「お代は結構です。売り物ではありませんので」

財布を持つ手に蘇芳の手が重ねられ、どきんと心臓が跳ね上がった。

「遠野さんにだけ、特別です」

またた。『特別』なんて、きっと蘇芳は他の客にもさんざん囁いているだろうに、手の甲から伝わる体温も相まって簡単に翻弄されてしまう。声が出ない。

蘇芳の指がするりと手の甲を撫でてきて、慌てて財布ごと手を引っ込めた。

「お、お言葉に甘えて……ありがとう、ございます」

赤くなった顔を隠すべくぎこちなく頭を下げ、逃げるように店を出る。蘇芳は今日も店の外まで見送ってくれて、別れ際には「また来てくださいね」と手も振ってくれた。

会釈を返してレンガ通りを抜けた光春は、足早に住宅街を歩く。そのうちだんだん口元が緩んできて、慌てて頰の内側を嚙《か》みしめた。

（花がすぐ枯れるなんて、難癖つけてるって勘違いされるかと思ったのに、こんなものまでくれるなんて）

口元は緩む一方だ。ただでさえ動揺して態度がおかしくなっていただろうに、疑いもせずこちらの言葉を信じてくれたのが嬉しかった。

スキップしそうな足取りで夜道を歩いていた光春だが、しばらく進んだところで背後から響く足音に気がついた。

（……後ろに誰かいる）

緩んだ表情を慌てて改める。距離を置こうと足を速めたが、なぜか後ろからついてくる足音も同じくらいに歩調を速めてきた。

まるで追いかけられているようだ、と思い、小学生の頃を思い出した。

あの頃も、下校中にこうして誰かに後をつけられることがよくあった。誰も信じてくれなかったが。

当時の大人たちが言っていたように、ただの気のせいかもしれない。単に同じ方向へ歩いている人がいるだけという可能性もある。

しかし歩調を合わせてついてくる靴音に気味の悪さを覚えることに変わりはなく、光春は速足のままアパートへ戻ると、外階段を駆け上って二階の自室に駆け込んだ。

すぐにドアに鍵をかけ、念のためドアスコープから外の様子を窺ってみるが誰もいない。

(気のせい、か……?)

首をひねりながら靴を脱ぎ、気持ちを切り替えるように花の水切りをした。慣れた手順を繰り返せば、波立った心も自然と落ち着いてくる。

花瓶に生けた花をパソコン机に置き、その傍らに蘇芳からもらった栄養剤も並べて置く。

『特別です』と言い添えて栄養剤を渡してくれた蘇芳の顔を思い出すと、せっかく宥《なだ》めた心臓がまたざわざわと落ち着かなくなった。

(……特別か)

あんな言葉、客を離さないためのリップサービスだ。わかっていても胸をくすぐられる。

他意のない言葉に仕草。でも蘇芳に恋心を寄せている光春には刺激が強すぎる。去り際に触れた蘇芳の大きな手の感触を思い出せば、体の芯を抜かれたように背中がたわんだ。

「……罪作りだな、蘇芳さんって」

蘇芳が選んでくれたアジサイを指先でつついて、独り言のように呟いたそのとき。

こん、と小さな音がした。

隣の部屋の生活音かと、気にも留めずにアジサイを眺めていたが、間を置かずにまた、こん、と音がする。

今度はわかった。隣の部屋から、ではない。

(――玄関?)

気がついて、はっと背後を振り返る。

夜道をつけてきた足音が頭を過り、心臓がリズムを崩した。浅くなる呼吸を宥め、まさかと思いながらそろそろと玄関に近づく。

スコープを覗き込んで目を凝らしたが、ドアの外には――誰もいないようだ。

ほっと息を吐く。やはり隣の生活音か。

(また神経過敏になっているのかな)

子供の頃も、連日変質者につけ回されて、ちょっとした物音にも過剰なほど反応するようになってしまった時期がある。未だ日常的に視線を感じるのもその名残だろう。よくない傾向だ。

ドアに鍵がかかっていることを念入りに確認して、気にしすぎるのはやめようと光春は自分に言い聞かせた。

外に出ていた営業や、職人たちがぞろぞろと会社に戻ってくる十七時。交通費の精算や客先からかかってきた電話の取り次ぎで、光春の仕事が忙しくなる時間帯だ。

それに加え、今週は綿貫が風邪をこじらせずっと会社を休んでいる。一人で経理と総務と営業事務をこなさなければならない光春は朝から晩まで大忙しだ。さすがに手が足りず、今日も気づけば定時をとっくに過ぎていた。

誰もいない事務所でひとり溜息をつく。せっかくの金曜だが、蘇芳の店はとっくに閉店している時間だ。

先週蘇芳の店で買った花は、枯れることもなく綺麗に花を咲かせている。蘇芳からもらった栄養剤を使う必要もなさそうで、薬包紙は花瓶の近くに置いたままだ。

前回芍薬が枯れてしまったのは、何かタイミングが悪かっただけだろう。そのことを報告したかったのだが間に合わなかった。

(明日お店に行ってみようか……。でも、土日はお客さんが多いからあんまりゆっくりできないんだよな)

平日の閉店時刻ぎりぎりだと他の客と鉢合わせすることも少ないし、蘇芳とものんびりお喋りができる。そんな下心で会社帰りに店に寄っていたのだが。

再び溜息をついたそのとき、背後でカサリと音がして肩が跳ねた。

恐る恐る振り返ると、床に見積書が落ちている。近くには書類が積み上げられた営業の机があり、そこから一枚落ちたらしい。

脱力して片手で顔を覆った。ここのところ、小さな物音にも過敏に反応してしまう。

それというのも、最近夜道を歩いていると、後ろから足音がついてくるのだ。振り返ってみても誰もいない。そんなことがこの一週間続いている。

それだけなら気のせいと思い込むこともできたが、家に帰れば今度は誰かが玄関のドアを叩く。それも、わかりやすくドンドン叩くのではなく、こん、と軽く一度だけ。

テレビなどつけていれば聞こえないくらい小さな音で、隣の部屋の物音と区別がつかないこともある。けれど布団に入って電気を消し、さあ寝ようかというときは、やけに大きく部屋に響く。

こん。

それだけだ。でも気になって玄関先まで行ってしまう。おかげで眠りが浅くなった。

ドアを乱暴に叩かれたとか、ノブを回されたとか、そういった実害を伴わないだけにどこにも相談できないのがまた辛い。

(でも、今朝のあれは警察に相談してもいいんじゃ……?)

床に落ちた見積書を拾い上げながら、出がけに見た光景を思い出す。

会社に行こうと玄関を出たら、外廊下に人の髪の毛らしきものが落ちていた。それもちょっとやそっとの量ではない。誰かこの場で散髪でもしたのかと思うくらいの量だった。

あのときはさすがに恐ろしくなって、開けたばかりのドアを再び閉めてしまった。

警察を呼ぶべきか。でもこの程度のことで事件と認められるだろうか。せめて証拠の写真だけでも撮っておこうと再び部屋を出た光春は、ドアの外を見て目を瞠《みは》った。

外廊下に落ちていた髪の毛が、一本残らず綺麗に消えていたからだ。

(……あれは一体なんだったんだ?)

光春が家の中で悶々《もんもん》としている間に犯人が片づけたのだろうか。ドアの外で誰かが掃除をしている気配などなかったが、そんなことにも気づけないほど動転していたのか。

(嫌がらせ? それとも、ストーカーとか……)

子供の頃も、確か同じようなストーカー事件があった。被害者宅の前に髪がばらまかれたとかで、周囲でも話題になっていたはずだ。

(あの事件、最後はどうなったんだ?)

犯人は捕まったのか、被害者はどうなったのか、肝心な部分は思い出せず、光春は携帯電話から当時のニュースを検索してみる。だが、該当する記事が出てこない。

かなり大きな事件で、朝から晩まで近所の人たちが噂《うわさ》していたような気がするのだが。

なんにせよ、不穏な状況であることは違いない。自分の身を守るためにも早く帰ろうと、光春は中断していた仕事を再開させた。

溜《た》まった仕事を片づけて、会社を出たのは夜の九時近かった。自宅の最寄り駅で電車を降り、まっすぐレンガ通りに向かう。

足を踏み入れたレンガ通りは、すっかり明かりが落ちていた。通りを歩く人の姿もない。

蘇芳の店も閉まっていることは店の前に行くまでもなく明白だったが、引き返すのも面倒なのでそのままレンガ通りを抜けて帰ることにした。

人気のない通りに光春の足音が響く。通りの半ばを過ぎたあたりで、その音がわずかにずれた。

(――あ、また)

光春の足音に自分の足音を重ねて隠すように、後ろから誰かがついてくる。

ぴたりと足を止めると、背後からついてくる足音も消えた。

レンガ通りは一本道だ。隠れる場所などほとんどない。今日こそ正体を突き止めてやろうと振り返りかけたそのとき、首筋に、はぁ、と生ぬるい息がかかった。

(え……っ)

背後というより真後ろ、すぐそばに誰かがいる気配にぎくりと体が強張る。

首の裏から流れてきた息が、頬を撫でる。後ろから伸びてきた何かが目の端に映り、光春は弾《はじ》かれたように走り出した。

（いつの間に真後ろに……！）

走りながら背後を振り返るが、通りに自分以外の人影はない。電柱の裏にでも潜んだか。立ち止まろうとしたら耳元で息の掠れる音がした。

乱れた息遣いに交じって、あは、と笑う声。驚くほど近くで聞こえたそれに飛び上がり、緩めかけた足を一気に速めた。

近くにいる。でもどこにいるのかわからない。走っているせいで視界がぶれる。

（なんだ、なんだ……⁉）

短い笑い声だけでは相手が男か女かすら判断がつかなかったが、得体の知れない悪意を感じた。笑い声が耳にこびりついて離れない。

通りを駆け抜け住宅地に飛び込む。首筋にまたぬるい息がかかった気がして小さく声を上げたそのとき、後ろから勢いよく腕を摑《つか》まれた。

胸の内側で心臓が跳ねる。捕まった、と思ったら喉の奥から悲鳴が漏れた。大きな手で後ろから口をふさがれ、絶望的な気分に陥ったところで、聞き慣れた声がした。

「遠野さん、俺です！　大丈夫ですから！」

大きく目を見開いて背後を振り返ると、口元を覆っていた手がゆっくりと離れた。見遣《みや》った先にいたのは、蘇芳だ。

限界まで膨らませた風船から一気に空気が抜けるように、光春の体から力が抜ける。

安堵《あんど》で声も出ない光春を見て、蘇芳は痛まし気に眉を寄せた。

「帰り支度をしていたら、店の前を凄《すご》い勢いで遠野さんが走り抜けていくのが見えたので何事かと……。様子がおかしかったので追いかけてきたんですが、驚かせてしまったようですみません」

光春はまだ肩で息をしながら、小さく首を横に振った。膝が震えて歩き出すこともできない。立ち尽くしていると、蘇芳が長身を屈めてこちらの顔を覗き込んできた。

「遠野さん……？　顔色が悪いみたいですが、大丈夫ですか？」

「は、はい、大丈夫です……ただ、後ろから急に口をふさがれたので、驚いて」

蘇芳はあっと目を見開くと、光春に向かって勢いよく頭を下げた。

「そうですよね、すみません！　悲鳴を上げられてしまったので慌ててしまって……」

ここは閑静な住宅街だ。こんな所で悲鳴など上げたら、近隣住民が一斉に警察へ通報するだろう。ようやく頭が回り始め、光春もあたふたと頭を下げ返した。

「こちらこそ、取り乱してしまってすみません。心配してわざわざ追いかけてきてくれたのに……」

前のめりにした体がぐらついた。久々に全速力で走ったせいか、蘇芳の顔を見て気が抜けたのか、膝に力が入らない。

正面に立っていた蘇芳が慌てて抱きとめてくれて、花の香りが鼻先を過った。蘇芳の匂いだと思ったら、カッと顔が熱くなる。

「す、すみません！」

「大丈夫ですよ。それより遠野さん、歩けますか？　ちょっとうちの店で休んでいった方がいいんじゃないですか？」

「そんな、もう遅い時間ですし……」

「驚かせてしまったお詫《わ》びをさせてください。まだ足元もふらついているようですし」

お願いします、と懇願するような口調で言われてしまうと断れない。膝ががくがく震えてまともに歩けないのも本当だ。申し訳なさと気恥ずかしさを感じつつ、蘇芳の店で休ませてもらうことになった。

光春の体を支えてレンガ通りまで戻ってきた蘇芳は、店のシャッターを上げながら気づかわしげに光春を振り返った。

「さっきは何があったんですか？」

「……それは、あの」

何者かに追いかけられていたのだ、と言おうとしたが、躊躇して声が出なかった。信じてもらえるだろうか。自分自身よく事態を把握していないのに。

言い淀《よど》んでいる間に、蘇芳はがらがらとシャッターを上げきって光春を振り返る。

「何か見たんですか？」

「え……」

明かりの落ちた店を背に蘇芳がこちらを見ている。街灯の光は遠く、蘇芳の顔は闇に沈んでよく見えない。

「ここで、何を見ました？」

蘇芳の声が低くなった。以前にも同じことを訊《き》かれた気がして目を瞬かせる。

光春が初めてこのレンガ通りに足を踏み入れ、建物と建物の隙間を覗き込んでいたときだ。怖いくらい赤い夕焼け空を背に、蘇芳は今と同じことを言った。

何を見たのだ、と。

「――……何も」

掠れた声で答えてみたが、蘇芳からの反応はない。短く沈黙した後、蘇芳は光春に背を向けて店の中に入った。すぐ店内に明かりが灯《とも》り、奥から蘇芳が顔を出す。

「どうぞ、入ってください」

蛍光灯に照らされた蘇芳は、普段の穏やかな笑みを浮かべていた。そのことにほっとして、光春も恐縮しながら店に入る。

蘇芳は店の奥から小さな丸椅子と、ペットボトルに入った水を持ってきて光春に勧め、自分もレジカウンターの後ろから椅子を出して向かいに腰を下ろした。

「すみません、温かいお茶でも出せればよかったんですけど、用意がなくて」

「いえそんな、十分ありがたいです」

走って喉が渇いていたこともあり、受け取った水に早速口をつけた。冷たい水が喉を落ち、ほう、と深い溜息が漏れる。

光春が少し落ち着いたのを見計らい、蘇芳は静かに切り出した。

「さっきは、何かから逃げるような走り方をしていたように見えましたが……」

期せずして、ごくりと喉が鳴ってしまった。何かに追いかけられはしたが、その姿を見たわけではない。だからこそ、説明するのが難しい。

光春はペットボトルの蓋を閉め、蘇芳の視線から逃れるように下を向く。

「ちょっと、最近疲れていて……勘違いをしたのかもしれません」

「どんな勘違いを？」

「……言っても、信じてもらえないと思います」

虚言癖を疑われたくなくて言葉を濁したが、蘇芳は引き下がらない。

「信じますよ。遠野さん、不必要な嘘をつくような人じゃないでしょう？」

優しい声で言いきられ、光春はペットボトルを握りしめた。

「……どうしてそんなこと、わかるんです」

嫌でも声が硬くなる。

思い切って本当のことを言ってから『あり得ない』と笑い飛ばされるのはもうごめんだ。特に今回のことなんて、絶対信じてもらえない。

頑《かたく》なに口をつぐんでいると、蘇芳が身を低くして顔を覗き込んできた。

「わかりますよ。これでも人を見る目はあるんです。以前は修行もしてましたし」

「――修行?」

身綺麗な蘇芳には似合わない単語に反応して顔を上げると、ようやくこっちを見てくれた、とばかり蘇芳が目元に笑みを浮かべた。

「ええ、己の心身を鍛え、他者の心を見極める修行を」

「……どんな修行です」

「荒行ですね。山にこもったり、滝に打たれたり。あとは不眠と断食、瞑想《めいそう》なんかもしましたよ」

突拍子もない話を、至って真面目な顔で蘇芳は語る。ぽかんとしていたら、ふっとその口元が緩んだ。

悪戯っぽい表情を見て、ようやく冗談を言われているのだと気がついた。真面目に聞いてしまった自分の鈍さも相まって、つい一緒に笑ってしまう。

光春の表情が緩んだのを見て、蘇芳は笑みを深くした。

「よかったら相談してみてくれませんか。何か力になれるかもしれませんし。遠野さんの言うことだったら疑いませんから」

冗談を交えて光春の緊張を解こうとしてくれている。そうとわかってしまったら、だんまりを決め込むのも心苦しくなってきた。

光春は何度もペットボトルを握り直し、あの、と小さな声で呟く。

「……たとえ蘇芳さんが修行をしていたとしても、人を見誤ることはあると思いますし、全面的に信じてくれなくても構わないんですが」

光春が律儀に冗談に乗ってきたからか、蘇芳はおかしそうに笑って、はい、と頷く。気負いのないその表情に背を押され、夜道で誰かに後をつけられていることや、アパートのドアを叩く音がすること、先程も何かに追いかけられていたことを思い切って打ち明けた。

光春の話をすべて聞き終えても、蘇芳は真剣な表情を崩さなかった。

「遠野さんを追いかけてきた相手の姿は、一切見ていないんですね？」

「はい。でも、首筋に息が当たるくらい近くにいた……ような気がするんです。耳元で笑い声もしましたし……」

事実をありのままに喋ってみたものの、光春はしおしおと肩を落としてしまう。

「いや、おかしいですよね、こんな話。そんなに近くにいたのに顔も見ていないなんて」

我ながら訳のわからない話だと項垂れると、蘇芳に軽く肩を叩かれた。

「おかしくはないですよ。人間、気が動転すると目の前にある物も見えなくなったりします。ここの通りは店が閉まるとかなり暗くなりますし、相手が黒っぽい服なんて着ていたら視認性が落ちるのも当然です」

「……信じてくれるんですか？」

驚いて顔を上げると、蘇芳に軽く眉を上げられた。

「遠野さんの言うことなら信じるって言ったじゃないですか」

「でも、そもそも僕みたいななんの変哲もない男が誰かにつけ回されるなんて、あり得ないとか思わないんですか？」

勢い身を乗り出せば、今度は蘇芳が驚いたように目を見開いた。

「なんの変哲もない？」

「平凡で特徴のないサラリーマンです」

蘇芳はまじまじと光春の顔を見て、いやあ、と首をひねった。

「ご自覚はない？」

「なんのですか？」

「誰かに顔立ちを褒められたことは？」

「ないです。会社の人たちは面白半分にお花みたいな顔をしてる、なんて言いますけど」

「俺もそう思いますよ」

笑い飛ばされるかと思いきや、真顔で肯定されてしまい絶句した。

蘇芳は口元に指を添え、美術品でも鑑賞するように軽く体を後ろに反らす。

「遠野さんを見ていると、まっすぐ背を伸ばした清廉な白い花を連想します。水仙とか、カラーのような。それでいて、心の中は柔らかくて繊細ですよね。自宅に花を飾って慈しむ優しさも持ってるんですから。変な連中がふらふらと後をつけてしまう気持ちもわかります」

「ご、ご冗談を……」

「冗談ではなく、前々から思っていたんですが」

蘇芳は恥ずかしげもなく言ってにこりと笑う。蘇芳ほどの色男ならこの程度のセリフは言い慣れているのかも知れないが、免疫のない光春は俯いて赤くなるばかりだ。

「……花にたとえられるのは、蘇芳さんの方でしょう」

ぼそぼそと反論すると、「俺が？　どんな花です？」と嬉しそうに身を乗り出された。

「深紅のバラとか、椿《つばき》とか、大輪の牡丹《ぼたん》のような……」

「色は全部赤ですか？　豪奢な花が多いですね。派手なイメージ？」

こんな恰好《かっこう》なのに、と蘇芳は苦笑しながらジーンズと黒いカットソーを指し示す。

確かに蘇芳が身に着けているものはいつもシンプルだが、持って生まれた顔立ちが華やかなのだから仕方がない。

長い睫毛をゆっくりと瞬かせた蘇芳を見ていたら、思うより先に本心が転がり出ていた。

「……綺麗だな、と思います」

蘇芳の顔から笑みが引く。軽く目を見開かれ、ハッと唇を引き結んだ。

うっかり口が緩んで本当のことを言ってしまった。何かを褒めたり、思っていることを口にしたりすることは極力避けていたのに。

どうせ信じてもらえない。嘘やお世辞だと思われる。

いや、今はお世辞だと思われた方がいいのかもしれない。同性に綺麗だなんて言われてもきっと蘇芳は喜ばない。下手をすると下心までばれてしまう。

なんとか弁解しようと口を開くが、頭が真っ白で何も言葉が出てこなかった。

対する蘇芳は無言で口元に拳を当て、光春から顔を背けてしまう。やはり不快にさせたかと青ざめたが、よく見ると蘇芳の目元が赤く染まっている。

（……照れてる？）

予想していなかった反応に目を丸くしていると、蘇芳が気を取り直したように口元から手を離した。

「すみません……。そんな真っすぐな目で褒められると、さすがにちょっと、照れくさいですね」

「この程度の褒め言葉、蘇芳さんなら聞き慣れているのでは……？」

「いや、まあそうなんですが……と言ってしまうのも我ながらどうかと思いますが……」

珍しくしどろもどろになって、蘇芳は片手で目元を覆ってしまう。んん、と咳払《せきばら》いのようなものをしてしばらく俯いていたが、やがて指の隙間から目を覗かせ、困ったような顔で笑った。

「そんな、夢を見ているような顔で綺麗だなんて言われたのは初めてなので……」

そう言われ、自分がどんな顔で蘇芳を見ていたのかようやく自覚した。きっとおもちゃ屋のディスプレイをうっとりと眺める子供のような顔でもしていたのだろう。想像して、羞恥に頬を赤く染める。

「ところで、遠野さんはいつも何時頃こちらに帰ってくるんです？」

蘇芳が話の矛先を変えてきて、これ幸いと光春も話に乗った。

「今週はちょっと忙しかったのでこんな時間ですが、普段は夜の七時半ぐらいになることが多いです」

「だったらこれからしばらくは、遠野さんが帰ってくるまで店のシャッターを開けておきます。今日みたいに何かあったらすぐに声をかけてください」

思いがけぬ提案に驚いて、椅子から腰を浮かせてしまった。

「そこまでしていただくわけには……！」

「もともと八時くらいまでは店にいるのでお気になさらず。遠野さんが通りすぎたらシャッターも閉めますので」

「でも、帰りが遅くなるときもありますし」

「じゃあ、アドレスでも交換しておきます？　遅くなるときは連絡をもらえれば先に帰りますから」

いえいえそんな——と断るつもりで口を開いたものの、実際には声を出すことすらできなかった。

（蘇芳さんのアドレス⁉）

そんな個人情報を気軽に客に教えてしまっていいのか。よくはないだろうと思うものの、それ以上に知りたいと思ってしまった。

千載一遇のチャンスだ。今を逃せばきっと一生蘇芳の連絡先を聞くことなどできない。

蘇芳は早速携帯電話を取り出して、光春とアドレスの交換をするのを待っている。少しも躊躇したところのないその姿を見ていたら、光春もふらふらと携帯電話を取り出して、互いのアドレスを交換してしまっていた。

連絡先に『蘇芳恭介』の名前が登録され、感動してしばし動くことができなかった。好きな相手のアドレスを登録したのなんて、高校の同級生だった初恋の相手以来かもしれない。

「夜道を歩いているときでなくても、何かあったらすぐに連絡してくださいね。俺の住んでる部屋もここから歩いていける距離なので、呼ばれればすぐ駆けつけますよ」

思いがけず蘇芳がこの近くに住んでいることまで知ってしまった。片想いの相手の個人情報をいっぺんに手に入れてしまい、なんだか頭がふわふわする。

「今日のところはもう大丈夫そうですかね」

蘇芳に声をかけられ、光春は夢心地で椅子を立つ。蘇芳が店の戸締りをするのを外でぼんやり眺めていると、「大丈夫ですか？」と顔を覗き込まれた。

「俺の家、駅の南口なので反対方向なんですが……よかったらご自宅まで送っていきましょうか？」

「……えっ！　いえ、大丈夫です、ここから十分もかからないので。今日は本当に、ありがとうございました」

我に返り、蘇芳に向かって直角に頭を下げた。そのまま回れ右して歩き出したが足元が覚束ない。恋愛経験などないに等しい光春なので、携帯電話のアドレス欄に蘇芳の名前があると思うだけで舞い上がってしまう。

「遠野さん」

後ろから声をかけられ、無防備に振り返ったら真後ろに蘇芳がいた。

いつの間に距離を詰めてきたのだろう。足音はおろか、気配さえ感じなかった。

あっと思ったときにはもう、片腕で蘇芳の胸に抱き寄せられていた。

蘇芳の広い胸に背中を押しつける格好になって息を呑む。今日も蘇芳は香水をつけているらしく、甘い花の香りが濃くなった。

硬直して動けない光春を抱き寄せたまま、蘇芳は胸を震わせて笑う。

「心配だな。こんなに無防備で、本当に一人で家まで帰れますか？」

「ひっ、え、だ、大丈夫、です……っ！」

無様なくらいに声を裏返らせた光春は、海の中でもがくように両手を動かし、なんとか蘇芳の腕から逃れようとする。

肩越しに振り返って見上げた蘇芳の顔には、楽しそうな笑みが浮かんでいた。

「駄目ですよ、後ろから近づいてくる気配にはもう少し気をつけないと」

「す、すみません、用心します」

どうにかこうにか蘇芳から離れると、ふっと蘇芳が真顔に戻った。

「…………これでも駄目か」

低い声で呟かれた言葉はよく聞き取れず、何事かと尋ね返そうとしたのにできなかった。直前まで機嫌よく笑っていたはずの蘇芳が、一瞬ですべての表情をなくしていたからだ。

急な表情の変化にぎくりとする。後ずさりしそうになったところで、またしても唐突に蘇芳の表情が緩んだ。

「本当に、何かあったらすぐに連絡してくださいね。駆けつけますから」

瞬きの間に変化する表情についていけない。けれど見上げた顔は優しく微笑んでいて、一瞬見えた無表情は何かの見間違いだったのではないかとすら思ってしまう。

（見間違い……だよな？）

光春はもう一度礼を言って、今度こそ蘇芳に背を向けた。

少し歩いてから振り返ると、蘇芳が店の前から光春を見ていた。光春がレンガ通りを抜けるまで見送るつもりらしい。

蘇芳が軽く手を振ってくれる。遠目にも笑っているのがわかって、それだけで心が浮き立った。

（駄目だ、気を引き締めないと）

商店街を出て右に曲がり、蘇芳の視線が届かなくなってからも抜かりなく周囲を警戒した。けれど光春の胸にもう恐怖心はない。それどころか、今なら誰かに追いかけられても真正面から応戦できる気さえした。

スラックスのポケットに入れた携帯電話をそっと撫でてみる。

いつでも連絡してくれて構わない、と蘇芳は言ってくれた。その上、荒唐無稽な自分の話も信じてくれた。それが嬉しい。得体の知れないものに対する恐怖を脇へ追いやってしまうくらいに。

ほんの数十分前にこの道を走り抜けたときは恐怖に押しつぶされそうだったのに、蘇芳が味方になってくれたと思うだけで不安な気持ちはすっかり薄れ、光春は軽やかな足取りでアパートへ向かったのだった。

翌週から、蘇芳《すおう》は本当に閉店後も店を開けておいてくれるようになった。

月曜日、十九時過ぎにレンガ通りにやって来た光春《みつはる》は、真っ暗な通りに一軒だけ灯《とも》る蘇芳の店の明かりを見て腰を抜かすほど驚いた。正直言うと半信半疑だったからだ。

半分だけ開いたシャッターの奥で、蘇芳はレジカウンターの向こうにノートパソコンを持ち込んで仕事をしていた。光春に気づくと明るく笑ってわざわざ店の外まで出てきてくれる。

「本当に開けてくれていたんですか」と呆然《ぼうぜん》として呟《つぶや》けば、「もちろん。約束したでしょう?」とアイドル張りの綺麗《きれい》なウィンクをされて心臓が止まるかと思った。

閉店後にシャッターを開けておいてくれるばかりでなく、定休日は光春が帰るタイミングを見計らって『今日は大丈夫そうですか?』とメールまでくれる手厚さだ。

光春が店の前を通りかかると、必ず外に出てきて一言二言会話を交わしてくれる。

そうやって毎日顔を合わせているうちに、蘇芳の態度が砕けたものになってきた。言葉遣いなどはそのままだが、やけに距離が近い。具体的に言うと、光春の腕に触れたり、肩を叩《たた》いたりする回数が増えてきた。いわゆるボディタッチだ。

隣に立つときも肩が触れ合うほど近く、視線が合えば甘く目を細められる。

もともと思わせぶりな仕草が多い人だとわかっていても、本気で勘違いしそうだ。

こんなことを続けられれば、蘇芳への想《おも》いは否応もなく募っていくし、もしかしたら、という期待すら浮かんできてしまう。

（いや、蘇芳さんはただ困っている人を放っておけないだけなんだから……）

今日も十九時過ぎに最寄り駅を降り、勘違いだけはするまいと己を戒めながらレンガ通りに足を踏み入れる。そしてすぐ、通りがいつにも増して暗いことに気がついた。

（今日は水曜日だったか……）

すっかり忘れていただけにがっかりして、とぼとぼと通りを歩く。

幸いにも、蘇芳が店のシャッターを開けてくれるようになってから夜道で誰かにつけられることはなくなった。

「通りに店の明かりが一つあるだけで防犯効果があるのかもしれませんね」と蘇芳は笑っていたが、あの言葉は正しかったのかもしれない。

レンガ通りを抜けて住宅街を歩いていると、目の端で鮮やかなピンク色が揺れた。前方のガードレールの陰から、濃いピンクの花が見え隠れしている。

コンクリートを突き破った雑草が花を咲かせているようだ。ガードレールの支柱に沿って咲く背の高い花を見て、わずかに歩調が鈍った。

（……アザミだ）

かたまって咲く花をなるべく視界に入れぬよう、足早にその場を離れる。

アザミの花はどうも苦手だ。花の姿形が嫌いというわけではないが、その名を口にすると妙に不安になる。

（アザミのお家《うち》、とか……お祖母《ばあ》ちゃんの家の近くにあったのに）

祖母の家の近所には、庭にアザミを植えている家があった。その家にはよく遊びに行っていたし、花を摘もうとして「棘《とげ》が刺さるよ」と止められた記憶もあるのだが。

（あのとき、棘でも刺さったか……？）

十年以上前のことなので当時の記憶も曖昧だ。あの夏、一人で祖母の家を訪ねた自分は休みの間、何をして過ごしていたのだろう。

花を摘み歩いて、近所の老人たちから「男の子なのにお花が好きなんて珍しい」とからかわれたのは覚えている。花を美しいと思う気持ちに男も女も関係ないと憤慨したことも。

（そういえば、よく花束を作って――）

色もおぼろな過去の記憶をなぞっていたとき、携帯電話に着信があった。誰かと思えば蘇芳からで、あたふたと電話に出る。

画面をタップするなり『こんばんは』と柔らかな声がした。まるで耳元に唇でも近づけて囁《ささや》かれたようで、こんばんは、と返す声が裏返る。

『まだ帰り道の途中ですか？　今日は少し遅いんですね』

「は、はい、ちょっと物思いに耽《ふけ》っていたせいで……」

『物思い？』と蘇芳は笑いを含んだ声で言う。突然の電話にうろたえていることがばれぬよう、口早に答えた。

「道端に花が咲いているのを見て、小学生の夏休みに祖母の家で一ヶ月ほど過ごしたことを思い出してたんです。あの頃も一日中外を歩き回って花を摘んでいたな、と」

『花が好きなのは子供の頃からなんですね』

「ええ、花束を作って近所の人にプレゼントしたり……」

『それは喜ばれたでしょう』

「いえ、それが――」

言いながら、違うな、と思った。

プレゼントなんてするわけがない。近所に住む老人たちは、光春が花を摘むのを奇妙なものを見るような目で見ていた。男の子のくせに、と言われるのが嫌で、作った花束は祖母にすら見せなかったはずだ。

にもかかわらず、花を誰かに渡した記憶がおぼろに残っている。

「……誰かに、あげたんですけど。よく覚えてないんです」

『子供の頃のことですからね』

そうですね、と頷《うなず》いてみたものの、妙に気になる。指先に、目に見えないほど小さな棘でも刺さったように、ちくちくと光春の記憶を刺激する。

子供の頃の自分は、本当に誰かに花束を渡したのだろうか。人目に触れないよう、そっとどこかに隠していたような気もするが。

田舎の様子を思い出そうとしたら、遠い潮騒が記憶の底でさざめいた。

「……祖母の家は海の近くで、近所に断崖絶壁もあったんです。そこから海に落ちると遺体も上がらないっていわくつきの場所で、あまり近づかないように言い含められていたんですが、そこから見える夕日が綺麗で……。地元の人は近づかないので、毎日夕日を見に行ってはその近くに花を置いていたような……」

『だったら、海を眺めにきた観光客にでも渡したのかもしれませんね』

ああ、と光春は声を上げる。

そうだ、そうだったかもしれない。赤い夕日を眺めていた人に花を渡した記憶がある。

霧が晴れていくような気分で歩いていると、蘇芳が小さく笑った。

『こうしてのんびりお喋《しゃべ》りしているところをみると、今日も夜道で誰かにつけられたりはしていないみたいですね』

「あっ、そうだ、お休みの日まで電話をもらってしまってすみません。ありがとうございます」

遅ればせながら礼を述べると、電話の向こうで蘇芳が身じろぎする気配がした。

『いえ、電話をかけたのは……単に俺が、遠野《とおの》さんの声を聞きたかっただけなので』

少しだけ照れを含ませたようなその声に、えっ、と短く声を漏らしてしまった。

『そろそろ家に着く頃ですか？』

「え、あ、はい……もう」

『よかった。じゃあ、部屋に入るまではくれぐれもお気をつけて』

はい、と返事をするかどうかというタイミングで電話が切れた。見れば携帯電話の電池が切れている。自宅アパートはすぐそこに見えていたが、光春は立ち止まって真っ黒なディスプレイを凝視した。

（……声を、聞きたかった？）

それはこちらのセリフだ。光春は蘇芳に片想いをしているのだから。だが蘇芳は違う。違うはずだ。それなのに。

（ふ、深い意味はない……んだよな？）

あるわけがないと自ら結論づけ、慌ただしくアパートに向かう。

蘇芳には少し思わせぶりなところがある。きっと前職はホストかそれに準ずる職業だったのだろう。リップサービスだ。それだけだ。

まさか本当に、光春の声を聞きたいと思ってくれた、なんてことは――。

（ないない、あり得ない、そんなこと）

期待しそうになる自分を戒める。相手は同性だ。たとえ光春に好意を持ってくれたとしても、それは純粋な友愛であって、間違っても恋愛にはなり得ない。

慌ただしくアパートの外階段を上り、カバンから鍵を取り出した光春は、部屋の前の外廊下の光景にぎょっとして足を止めた。

ドアの前に、また髪の毛が落ちていた。

素早く辺りを見回したが、外廊下はもちろん、アパートの前の夜道にも人影はない。

ばらまかれた数センチの髪を踏むのも気味が悪く、廊下の隅を爪先で歩いてドアの前に立った。よく見ると、髪と一緒に何かの破片も落ちている。半透明で、半月のような形をした、小さな。

人の爪だ、と気づいた瞬間、背中に冷たい汗が浮いた。

大量にまかれた爪は、一度の爪切りで集めたにしては量が多い。きっと数回分の爪を集めてばらまいたのだろう。

これだけの爪を集めるのにどれくらいの時間がかかっただろう。その執念に怖気《おぞけ》立つ。

今度こそ写真に収めて警察に通報してやろうと思ったが、間の悪いことに携帯電話の充電が切れている。光春は慌ただしく自宅に入ると、充電していたモバイルバッテリーを手に再び玄関の外に出た。

「あれっ？」

勇んで部屋の外に飛び出した光春は目を見開く。廊下にばらまかれていた髪や爪が、綺麗さっぱり消えていたからだ。

（……なんで？）

モバイルバッテリーを摑《つか》んですぐ戻ってきたはずなのに。あんな短時間で、細かな髪や爪をこれほど綺麗に片づけられるだろうか。

外廊下には誰もいない。夜道にも通行人の姿はない。けれど生ぬるい夏の夜には残り香に似た悪意がうっすら漂っているようで、ぶるりと身を震わせた光春は力いっぱい玄関のドアを閉めた。

実害がない、というのは厄介だ。どんなに気味が悪くても警察は動いてくれない。

特に、突然消えた髪や爪は我ながら信憑性《しんぴょうせい》が乏しく、身近な相手に相談することすらできなかった。もちろん、蘇芳にだって言っていない。

悶々《もんもん》としたまま週末を迎え、せっかくの休日も自宅に引きこもって過ごした。外出する気になれなかったのは、玄関先にまた髪や爪が落ちていそうで見たくなかったからだ。

日曜はいつもより遅く起き出して、花の水を替え、溜《た》まっていた洗濯物を洗濯し、インスタントラーメンで昼食を終えた。特に予定もなくベッドに横たわってテレビを眺め、いつの間にやらうとうととまどろんでいたらしい。

テレビではサスペンスドラマの再放送が流れていて、ドラマのセリフが夢に交じる。事件が、犯人が、と物騒な言葉が続き、合間に老人のがさがさした声が紛れ込んだ。

『家の前に、髪と爪が落ちてたんだってよ』

ぴくりと瞼《まぶた》が動いたが、覚醒するには至らない。人の声の後ろにざわざわと不穏な音が重なる。潮騒か。

『そんなもの見たこともないけどねぇ』

『犯人が片づけたんだと』

『なんでわざわざそんな……』

『どうせまた嘘《うそ》でもついてるんだろ。あの子はいつも、大げさにものを言うから――』

ああ、と喉元に悲痛な声が絡まる。

嘘じゃない。大げさに言っているつもりもない。全部本当のことなのに、どうして信じてくれないんだろう。なぜ自分にしかアレが見えないのか。

歯がゆくて奥歯を噛《か》みしめた感触がやけに鮮明で、ようやく夢から覚めた。

ぼんやり目を開けるともうドラマは終わっていて、別の番組が始まっていた。外はすでに日が落ち、明かりをつけていない室内は薄暗い。

ドラマの声に喚起され、昔の夢を見たようだ。ストーカー犯罪を扱う筋立てだったので、それが夢にも反映されたのだろう。

（ストーカー……）

眠りすぎたのか頭の奥がずきずきと痛み、ベッドに横たわったままこめかみを揉《も》んだ。

（やっぱり昔、誰かの家の前に髪や爪をばらまかれる事件が起きた……気がする）

思い出そうとするが直前に見た夢が邪魔をする。

夢の中で聞いた『また嘘でもついているんだろ』という声がやけに生々しくて眉根を寄せた。

標準語とは異なるイントネーションは、祖母の家にいた頃よく聞いたものだ。

（お祖母ちゃんの家にいる間はあまり近所の大人と喋った記憶がないけど……あっちでも周りから虚言癖とか言われてたんだっけ？）

のろのろとベッドから降り、部屋の明かりをつけて時計を見る。もう夜の七時近い。干しっぱなしの洗濯物を取り込むためベランダに出ると、七月の蒸し暑い風がTシャツの首元から吹き込んできた。残照を見上げ、随分日が長くなったものだと思う。

室内に戻り、洗濯物をベッドに放り投げる。風が立って、パソコン机に置きっぱなしにしていた薬包紙がカサリと音を立てた。以前蘇芳がくれた栄養剤だ。あれ以降花が枯れることもなかったので、すっかり忘れていた。

（乾燥したら花瓶に入れるように言われてたけど……）

一体何が入っているのだろう。そろそろ中を見てもいい頃かと、そっと包みを開いてみた。

何度も何度も、執拗《しつよう》なくらいに折りたたまれた紙を丁寧に開く。薄紙の向こうにようやく中身が透けて見え、光春はぎくりと動きを止めた。

（………爪？）

薄くて硬い、わずかに黄色がかったそれを見た瞬間、玄関の前にばらまかれていた髪と爪を思い出した。

震える指で包みを開く。その中心にあったのは、四角くて薄っぺらい爪のようなものだ。爪切りで切ったものというより、生爪を剝がしたような大きさの。

（ほ、本物……？）

爪のようなそれをつまみ上げようとしたが、動揺して手元が狂った。指先から謎の欠片《かけら》が転がり落ちる。

あっと思ったのにすぐ動けなかったのは、紙の中央に何か文字が書かれていることに気づいたからだ。紙に顔を近づけ、米粒ほどの小さな字を読み上げる。

「蘇芳恭介《きょうすけ》……」

蘇芳の名がなぜこんな場所に、と思うが早いか、指先に痺《しび》れるような痛みが走った。季節外れの静電気に似たそれに驚いて包み紙を取り落とす。よろけて後ろに下がると、踵《かかと》の下で何かが潰れる感触がした。

慌てて足を上げたが、思った通り包みから転がり落ちた欠片を踏みつぶしてしまっていた。真っ二つに割れたそれを、光春は蒼白《そうはく》になって凝視する。

（本当に、爪だったのか？　でも、爪なら踏んだくらいじゃ割れないような……それとも、乾燥しきって脆《もろ》くなってた……？）

栄養剤と蘇芳は言っていたけれど、見れば見るほど人の爪のように思えてくる。

（まさか、玄関の前に髪や爪をばらまいていたのは――蘇芳さん、とか……？）

しかしなんのために？　嫌がらせか。光春が毎週のように店に足を運ぶのが目障りだった？

だとしたら、閉店時間を過ぎてまで店を開けておいてくれる意味がわからない。

身じろぎもせず考え込んでいたら、ベッドの上に置いていた携帯電話が低く震えた。

びくりと肩を震わせたものの、ただの電話だと気づいて洗濯物の山をかき分ける。

電話の相手は、蘇芳だった。

蘇芳にもらった包みから人の爪と思《おぼ》しきものが出てきた直後だ。ためらったが、電話はずっと鳴り続いている。無視もできず電話に出るや、切迫した蘇芳の声が耳を打った。

『包みを開けませんでしたか？』

挨拶どころか前置きもない。唐突な言葉だったが、光春にはわかった。蘇芳が言っているのは、たった今開けたばかりのあの包みのことだ。

あまりにもタイミングがよすぎる。なぜそんなことがわかるのか。

（まさか……盗撮……）

冷えた指先で背筋を撫《な》で下ろされたかのように、背中一面に鳥肌が立った。

電話の向こうでは、蘇芳がガタガタと動いている気配がする。

『遠野さん、できればすぐ――……、いや、動かない――が……』

電波が悪いのか、蘇芳の声は飛び飛びに聞こえる。どこか焦ったような声だ。息も上がっている。

『遠野さん、もし――……っても、絶対……でくださ………』

「蘇芳さん？　あの、声が……」

よく聞こえない、と言おうとした瞬間、突然電話の向こうの音が聞こえなくなった。通話が切れたのかと思った、そのとき。

『――きて』

ぼそりと呟かれたと思ったら、今度こそ電話が切れた。

光春は呆然として携帯電話を見下ろす。

――きて。来て、と言われたのか。

でもあの声は、蘇芳のものだったろうか？

電波が悪く音が不鮮明だったせいか、蘇芳とは別人の声にも聞こえた。

（来てって、店に……？）

時刻は十九時を少し過ぎたところだ。蘇芳は今も店だろうか。

行くべきか迷った。包みに入っていたものを見てしまった今、蘇芳に対して若干の不信感を抱いているのも事実だ。

一方で、これまで蘇芳にしてもらったことを思い出すと捨て置くのも心苦しい。光春の言葉に真摯に耳を傾け、本心から案じてくれたあの姿が演技だったとは思いたくない。

迷いながらも立ち上がる。放っておけない。

だって蘇芳は、一度も光春の言葉を疑わなかった。

（僕も、蘇芳さんのこと信じよう）

携帯電話と鍵だけ摑み、迷いを振り切るようにアパートを飛び出す。

レンガ通りに向かいながら、蘇芳に折り返し電話をしたがつながらなかった。もしかすると何か尋常でないことが起きているのではと気が逸《はや》る。

全力で走ってレンガ通りに駆け込んでみれば、通りに並ぶ店の明かりは落ちて、蘇芳の店もすでにシャッターを閉めていた。通りを歩く人の姿もない。

（お店から電話をくれたわけじゃなかったのか……？）

念のため、もう一度店の前から蘇芳に電話をしてみたが通じない。

しばらく店の前でうろうろしていたものの、店のシャッターが開く気配はない。なす術《すべ》もなく諦めて帰ろうとしたそのとき、首の裏にちくりと視線を感じて足を止めた。

誰かに見られている。

光春にとっては慣れた感覚だ。振り向いたところで誰もいない。はずだ。

けれど今日は、振り返ってそれを確かめてみる気にすらなれなかった。ほんの少し体を動か

した だけで背筋が強張《こわば》る。

いる。背後に何かいる。

振り返っては駄目だ、と思った。見てはいけない。うなじの産毛を逆撫でされるような、こんな感覚は初めてだ。

逃げ出せばいいものを、地面に根を張ったように足が動かない。レンガ通りには点々と街灯が立っているのに、周囲がゆっくりと闇に沈んでいくようだ。

ひたひたと何かが近づいてきて、光春の真後ろに立った。首の裏にふぅっとぬるい息がかかったが、とっさに気づかなかったふりをする。ほとんど直感で選んだ行動だ。微動だにせず立ち尽くしていると、耳裏で笑いを含んだ声がした。

「――いた」

電話口で「きて」と言ったのと同じ声だ。

蘇芳の声とは違う。

なら、後ろにいるのは誰だ。

ざぁっと背筋に鳥肌が立つ。無理やり抑えていた恐怖心が噴き上がり、耐え切れず悲鳴を上げかけたその刹那、蘇芳の店のシャッターが勢いよく開いた。

「遠野さん！」

店から飛び出してきたのは蘇芳だ。身を低くしてこちらに駆けてくるその姿を視界に収めた瞬間、考えるより先に走り出していた。

背中で、ぶん、と何かが空を掻《か》く。誰かが腕を伸ばして自分を引き留めようとしたかのような、あるいは、背後で鋭い刃物でも振り下ろされたような。

ぞっとして、闇の中を漕《こ》ぐようにめちゃくちゃに足を動かした。恐怖で足がもつれる。あっと思ったときには転倒して、アスファルトに膝を打ちつけていた。

駆け寄ってきた蘇芳が覆いかぶさるように光春を抱きしめ、甘い花の香りに包まれる。次の瞬間、何か大きなものに体当たりされたような衝撃が全身を襲い、そのまま横に吹っ飛ばされた。

蘇芳もろとも、店の隣のアパートのブロック塀に叩きつけられる。派手な音がしたわりに痛みを感じなかったのは、蘇芳が抱きしめてくれていたおかげだろう。

耳元で痛みを噛み殺すような呻《うめ》き声がしたが、大丈夫かと尋ねる間もなく腕を摑まれ、走らされた。

蘇芳に引っ張られるようにして店へと走り、中途半端に開いていたシャッターから転げ込むように店内に入った。

ガン！　とけたたましい音がして、誰かが外からシャッターを殴りつける。すぐに蘇芳が体重をかけてシャッターを閉めようとするが、びくともしない。

「遠野さん、手を貸してください！」

言われて光春もシャッターに飛びついた。蘇芳と同じく体重をかけるが、下から何かに押し返されているかのように動かない。

「ど、どうして……！」

「邪魔されているんでしょう」

短く答え、蘇芳が口の中で何事か呟き始めた。耳慣れないそれは、異国の言葉だろうか。独特の抑揚をつけたそれを呟きながら、黒いエプロンのポケットから何かを取り出した。

ギラリと光ったそれは、刃物だ。一瞬サバイバルナイフかと思ったが形が違う。持ち手を中心に上下に槍《やり》状の刃がついているし、全体が鈍い金色だ。

蘇芳は何か呟きながら両端に刃を持つそれを自身の眼前にかざした。

蘇芳の声がひと際高くなったと思ったら、バチッと鋭い音がして、手元に静電気のような青白い光が走る。それに呼応するように頭上の照明が明滅して、突如店内の明かりが落ちた。

闇に呑《の》まれて息が止まった。恐怖に駆られて悲鳴を上げかけた次の瞬間、けたたましい音を立ててシャッターが閉まる。

頭上で光が爆《は》ぜるように蛍光灯が明滅して、再び店内に明かりが点《つ》く。シャッターは完全に閉まっていて、店の外からは物音もしない。

静まり返る店内で、ずるずると床に膝をついて瞬きを繰り返していると、シャッターに手をつき肩で息をしている蘇芳と目が合った。

「い……今のは……」

蘇芳はべたりと床に腰を下ろすと、汗で額に張りついた前髪を緩慢にかき上げた。

「悪霊ですね」

「あ、あく……？」

「店内には結界を張っていますので、中まで入ってくることはないと思いますが」

「結界……」

非日常的な言葉の数々に目を瞬かせていると、蘇芳がふっと口元に笑みを浮かべた。

「この辺、夕方になると寺の鐘の音が聞こえてくるでしょう」

「は、はい……駅の南口に大きなお寺があるとか」

「そこ、俺の実家です」

「えっ」

「俺も元は僧侶でした」

「僧侶」

さっきからオウム返しばかりだ。

僧侶というと、髪を剃《そ》り上げ、袈裟《けさ》を着た、いわゆるお坊様のことだろう。

蘇芳に元僧侶だったと言われても俄《にわ》かには信じられず、その横顔を凝視する。流し目ひとつで衆生を惑わせそうな、こんな色気を垂れ流している男が僧侶とは。

蘇芳は喉の奥で低く笑い「さっきお経も唱えていたでしょう」と言った。何かぶつぶつ呟いているとは思ったが、お経だったのか。

さらに蘇芳は、手にしていた金色の武器のようなものをかざしてみせる。

「これも独鈷杵《とっこしょ》という法具ですね。前に言いませんでしたっけ、修行をしていたって。荒行とか、滝行とか」

「い、言ってましたけど……」

完全に冗談だと思っていた。

「今はもう還俗《げんぞく》していますので、聖職者ではありませんが。この法具も、一応実家から持ってきてはいましたが、二度と使うことはないと思っていました」

蘇芳の口調はどこまでも真剣だ。冗談を言っているようには聞こえない。

蘇芳が僧侶だったことは事実らしいと理解して、光春は恐る恐る尋ねた。

「修行をすれば、誰でも悪霊や幽霊が見えるようになるんですか？」

「まさか」

噴き出すように笑って、蘇芳はシャッターに背中を預けた。

「こういうのは持って生まれた体質によるところが大きいですね。俺の父親は寺の住職で、兄も僧侶として実家に残ってますが、どちらも霊の類は見えません。母や、修行中の弟も見えないそうです」

蘇芳が言い終えるが早いか、ガン！　と誰かが外からシャッターを叩いた。光春はびくりと体を震わせたが、蘇芳は気にした様子もない。

「結界がありますから、こちらからシャッターを開けない限り安全ですよ」

ビクビクしながら頷いて、はたと思い至る。ということは、先程店の外に飛び出してきた蘇芳は、己の危険を顧みず光春を助けてくれたということだ。

理解した途端、胸の奥がじわっと熱くなった。

蘇芳を危険にさらしてしまい申し訳ないという罪悪感と、助けにきてもらえた嬉しさが、こよりのようにねじれて、もつれて、上手《うま》く言葉にすることができない。

「朝になれば外の霊もいったんは弱体化するでしょう。それまで遠野さんもここから出ない方がいいですね」

「は、はい。すみません、お世話になります」

「いえいえ。俺も一人で過ごすより、遠野さんが一緒にいてくれた方が退屈しないで済みますから」

蘇芳が喋っている間も、外にいる何かが未練がましくシャッターを叩いたり、引っ掻いたりしている。光春は気が気ではないが、蘇芳は実に落ち着いたものだ。

「蘇芳さん、なんだか……慣れてますね」

「寺にいた頃は除霊なんかもよくやっていましたから」

「そんな特殊な能力があるのに、どうして花屋に……？」

喋っていないと落ち着かず、深く考えもせずに尋ねてしまった。直後、蘇芳の顔から表情が抜け落ちたのを見て、踏み込みすぎた質問だったかと慌てて口を閉ざす。

光春の表情の変化に気づいたのか、蘇芳はおどけたように肩を竦《すく》めた。

「俺の場合、能力が特殊過ぎたみたいです」

不安げな顔をする光春を落ち着かせるように、蘇芳はゆったりとした口調で語る。

子供の頃から蘇芳は霊感が強く、物心ついた頃から死者の魂がはっきり見えたそうだ。見えるだけなら問題はなかったが、大学卒業後、僧侶になるべく本格的な修行を積んだ結果、事態は急変した。

俗世との関わりを絶ち、山寺にこもること丸二年。厳しい修行を終え、実家の寺に戻ったときに異変は起こったらしい。

「もともと寺には死者の魂が集まりやすいんです。人が亡くなっても四十九日間は肉体に魂が留《とど》まり続けてしまうので。もちろん、遺骨の状態になってもそれは変わりません」

寺では毎日のように葬儀が行われる。死者の魂を慰め、鎮める儀式だ。肉体に留まった魂はそこで己の死を受け入れ、やがてゆっくりとこの世から消える。

蘇芳もそうした様子を子供の頃から間近で見ていたし、自分もいよいよ修行を終え、死者の魂を鎮められるのだと信じていた。

「ところが俺が斎場に足を踏み入れた途端、それまで大人しくしていた死者の霊が、突然俺に縋《すが》りついてきたんです」

住職である父でもなければ、蘇芳より先に僧侶となった兄でもなく、死者の魂は一直線に蘇芳のもとにやって来た。

蘇芳が現れるまではぼんやりとした光の塊だったそれが、突然生前の姿形を伴って蘇芳の膝に取り縋ってくる。助けて、怖い、ここにいたい、消えたくない、と泣き叫ぶ。

「──あんなにも荒れた葬儀は、生まれて初めてでした」

その場に集まった弔問客はもちろん、父や兄にさえ死者の霊は見えない。荒れ狂う死者の魂に翻弄されるのは蘇芳ばかりだ。

時間が経過するにつれ、大人しかった霊は呪詛《じゅそ》めいた言葉を呟くようになり、いよいよ悪霊になりかけて葬送どころではなくなった。放っておけば悪意の塊と化して、人に害をなす存在になってしまう。

他に取るべく手段もなく、蘇芳はその霊を悪霊として祓《はら》った。

本来ならば親族に見守られ、四十九日をかけてゆっくりと見送られるはずの霊を力尽くで祓ったという事実に、蘇芳は打ちのめされたらしい。

「祓うという行為は、手の施しようもないくらい荒れた霊に対して行われる、現世からの強制退場のようなものです。現世に執着しすぎて成仏できなくなった霊や、亡くなった後、誰からも弔ってもらえなかった霊を相手にすることが多いのですが、あのときは親族も誠実に死者を弔っていたし、本人も穏やかに息を引き取ったと聞きました。本来なら、祓う必要のない霊です」

しかし死者の魂は豹変《ひょうへん》した。その理由は、蘇芳の強すぎる霊力にあったらしい。

霊感のある人間は死者の姿が見える。同様に、死者もまた霊感のある生者の姿が光り輝いて見えるのだそうだ。

亡くなった自覚も乏しい霊にとって、強い霊感を持つ者は灯台の光にも似た存在だ。修行によって霊感を高めたことで、蘇芳はそれまでになく死者の霊に縋りつかれやすくなってしまった。

喋りながら、蘇芳は少し疲れたように溜息《ためいき》をつく。

「俺がいると霊が迷うんです。ふらふらと俺のところに来て、なまじ俺がその言葉を聞き取れるものだから現世に対する未練を吐いて、そうしているうちに現世への執着に絡めとられてしまいます」

なんの害意もない霊が、自分と接するうちに悪霊と化していく姿を目の当たりにすることは、精神的にひどく疲弊することだった。自分は死者の魂を鎮めたくて僧侶になったはずなのに、実際にしているのは真逆のことだ。

消耗した蘇芳を見かね、僧侶を諦めるよう勧めてきたのは蘇芳の家族だ。蘇芳も、自分がいては死者の安寧を邪魔するばかりだと自覚して大人しく実家を出た。

「この花屋は、もともとうちの檀家《だんか》さんがご夫婦で営んでいた店なんです。そろそろ引退して店をたたむと聞きつけた母が、店を譲り受けて俺に引き継がせました。たとえ店先で花が売れなくても、実家の寺から花を発注するから路頭に迷うことはないだろう、と」

「確かに……葬儀の祭壇には花を飾ったり、花輪や献花を用意したりしますからね」

寺から直接大口の発注があるなら店は安泰だ。蘇芳の両親も、たった一人実家を出る息子を案じてそのような手を講じたに違いない。

「でも……長いこと俗世で遊び惚《ほう》けていたつけが回って来たみたいです」

シャッターに背を預け、蘇芳が深々と息を吐く。溜息のようなそれが空気に溶けたと思ったら、ぐらりと体が傾いた。

床に倒れかけた蘇芳を慌てて抱きとめた光春は、その体がひどく熱いことに気づいて目を見開いた。

「蘇芳さん、熱が……！」

「霊と対峙《たいじ》するのは久々だったもので、少し中《あ》てられてしまいました……」

力なく呟き、蘇芳は目を閉じて動かなくなる。ぎょっとしたが、単に眠りに落ちただけのようだ。

発熱している蘇芳を床に寝かせておくわけにもいかず、光春はいったん蘇芳をその場に横たわらせると、レジカウンターの奥にあるバックヤードを覗《のぞ》き込んだ。

六畳ほどのバックヤードには、バケツや肥料、リボンや包装用フィルムなどが入った段ボール箱が積み上げられている。他には二人掛けのソファーとローテーブル、ホテルの客室にあるような小さな冷蔵庫もあった。

光春は脱力した蘇芳の体をなんとか背中に担ぐと、バックヤードのソファーに横たわらせた。脚がソファーの端からはみ出しているが、床で寝るよりずっといいだろう。

万が一蘇芳の容態が悪化したら救急車を呼ぼうと思ったが、携帯電話は圏外だ。シャッターの近くまで戻ってみたが変わらない。首を傾《かし》げていたら、また外から何者かにシャッターを叩かれた。

小さく悲鳴を上げてバックヤードに駆け戻る。電波が入らないのも心霊現象の一種か。

ソファーでは蘇芳が苦しそうな呼吸を繰り返していて、光春はおろおろとその傍らに膝をついた。店の外にいる得体の知れないものも恐ろしいが、今は何より蘇芳の体が心配だ。

店には結界が張られているらしいが、もしもそれが破られたら。外にいるものがここまでやってきてしまったら。

（そのときは、僕がどうにかしないと――）

霊感もない自分に何ができるかわからないが、この場で動けるのは光春だけだ。自分が蘇芳を守らなければ。

今はただ、蘇芳の不調が落ち着くことをひたすら祈って、光春は一晩中ソファーの傍らに座し蘇芳の様子を見守り続けた。


どこか遠くで、ごぉん、と低い音がする。

音は余韻を残して空気に溶け、完全に聞こえなくなった頃にまた、ごぉん、と響く。

規則正しいその音がなんなのかわからず、光春はうっすらと目を開けた。

瞬間、視界いっぱいに蘇芳の寝顔が飛び込んできてぎょっとした。

床に直接腰を下ろし、ソファーに突っ伏していた光春は、辺りを見回しようやく花屋のバックヤードに泊まり込んだのだと思い出す。

昨日は真夜中に何度もシャッターを叩かれ、とても眠れる状況ではないと思っていたが、蘇芳の様子を見守っているうちに少しまどろんでいたらしい。

携帯電話を取り出す。時刻は朝の六時半を少し過ぎたところだ。圏外の表示は消えていて、怪異は去ったようだと胸を撫で下ろす。

蘇芳もだいぶ呼吸が落ち着いたようだが、額に触れるとまだ熱い。もう少し休ませておいた方がいいだろうと、足音を忍ばせてバックヤードを出た。

シャッターの前に立ち、耳を澄ませて外の様子を窺《うかが》った。店の前を自転車が走っていく音や、どこかでがらがらとシャッターを開ける音、アパートの外階段を下りる足音などの生活音が聞こえてくるのを確認してから、思い切ってシャッターを開けた。

外はすっかり日が昇り、店内に早朝の清々しい空気が流れ込んでくる。怪しい気配もなく、安堵《あんど》してその場にしゃがみ込んだら、ごぉん、という低い音が耳を打った。蘇芳の実家でついている鐘の音のようだ。

昨晩の怪異が嘘のように晴れ渡る夏空を見上げ、再びバックヤードに戻る。

しばらく蘇芳の様子を見守っていたが、一向に目を覚ます気配がない。そうこうしているうちに、そろそろ帰らないと出社時間に間に合わない時間帯になってきた。

こんな状況の蘇芳を置いていくわけにもいかないので、今日は休むしかなさそうだ。

(……でも、会社になんて説明したらいいんだ?)

悪霊云々《うんぬん》を語るわけにはいかない。こんな荒唐無稽な話、信じてもらえるわけもない。ならば仮病を使うかとも考えたが、本当に体調を崩しているときでさえ仮病だと疑われないか不安になる光春だ。嘘なんてすぐに露見してしまいそうで呻吟《しんぎん》する。

悩んでいる間も始業時間は刻々と迫る。うろうろとバックヤードの中を歩き回っていたら、蘇芳が苦し気に低く呻いた。

光春はソファーに駆け寄り、蘇芳の顔を覗き込んだ。眉間に深い皺《しわ》が寄っている。

やはり仮病でもなんでも使って会社は休むしかない。

やるべきことは決まっても、実行するのに二の足を踏んだ。

もしも会社の人に信じてもらえなかったら。

子供の頃のように、嘘でしょう、と一蹴されたら。初恋の相手のように笑い飛ばされたら。

嘘つき呼ばわりされるくらいなら黙り込んだ方がましだ。ずっとそう思って過ごしてきた。

でも、今だけは口を閉ざしては駄目だ。蘇芳がこんなに苦しそうにしている。

(信じてもらえなくても、嘘をつき通すしかない。蘇芳さんを一人にさせられない)

始業時間まで五分を切って、ようやく光春も腹をくくった。他に手段などないのだと己に言い聞かせ、携帯電話から会社に電話をする。

コール音が鳴る間、心臓が痛いくらいに胸を叩いた。鼓動が速まって指先まで痺れるようだ。

『はい、荒保《あらまた》内装工務店です』

電話に出たのは営業部の高浜《たかはま》だ。

高浜の飼い猫の写真に「可愛《かわい》いですね」とすぐ言えなかったことが光春の中でわだかまりになり、最近あまり言葉を交わしていなかったが、今はそんなことにこだわっている場合ではない。思い切って声を出した。

「おはようございます、遠野です！　実は、ね、熱を出してしまいまして、本日はお休みさせていただけないでしょうか！」

言った、と思ったら心臓がひしゃげたようになった。指先が白くなるほど強く携帯電話を握りしめて高浜の返答を待つ。熱があるにしては声が元気過ぎてしまったかとひやひやしたが、返ってきたのは『そうなの!?』という驚いたような声だ。

『ついこの間、綿貫《わたぬき》さんも風邪が長引いてたしね。わかった、ゆっくり休んで。みんなにもそう伝えておくから』

口早に喋る高浜は、光春の言葉を疑っている様子もない。それどころか、光春を案じたような声でこう言い添えた。

『綿貫さんが休んでる間も仕事が遅れないよう夢中になってたんでしょ。その疲れが出たのかもしれないから、ちゃんと休むんだよ。遠野君は本当に、人が見てないところでも手を抜かないから……』

お大事にね、と言って高浜は電話を切った。

通話を終えた光春は、拍子抜けした気分で携帯電話を見下ろす。

（……全然、症状とか訊《き》かれなかった）

うっかり病人らしからぬ大声になってしまったので、せめて熱は何度か、くらい訊かれるかと思ったのだが。

疑われもせず自分の言葉を受け止めてもらえて驚いた。もしかすると、何を言っても嘘だと思われる、という考えは、ただの思い込みでしかなかったのだろうか。

光春は携帯電話を握りしめたまま蘇芳の寝顔を見下ろす。

(……この人のためじゃなかったら、自分から嘘をつこうなんて気にならなかっただろうな)

追い込まれれば自分も行動に移せるのだな、と感慨深い気分で思った。加えて、思いがけず高浜に普段の働きぶりを労《ねぎら》われて頬が緩む。

(次に出社したら急に休んだお詫《わ》びをみんなにして……今まで以上に仕事に励もう)

バックヤードに響く蘇芳の寝息に耳を寄せ、光春は口元に微《かす》かな笑みを浮かべた。

昏々《こんこん》と眠り続けていた蘇芳だが、昼近くなるとたまに意識が戻るようになり、光春の差し出す水を飲んだり、ふらつきながらもトイレに立ったりするようになった。少し容態が落ち着いたので、光春も短時間だけ店を抜け、近所のコンビニで食料を買ってきた。

うつらうつらとしていた蘇芳がようやく完全に覚醒したのは、もう夕暮れも迫る頃のことだ。

熱も下がり、光春が昨日の夜からずっとそばについていてくれたことを理解した蘇芳は恐縮して、「ご迷惑をおかけしました」と何度も頭を下げた。途中、蘇芳の腹が大きな音を立てたのでコンビニで買ったパンを差し出す。思えば蘇芳だけでなく、光春も今朝からろくなものを食べていない。

蘇芳はソファーの隅に寄り、光春も隣に座るよう促して早速パンの袋を開けた。総菜パンを勢いよく胃に収める様子を見る限り、もう体調は回復しているようだ。

二人して食事を終えると、蘇芳は「ごちそうさまでした」と光春に丁寧に頭を下げた。

「改めて、昨日はありがとうございました。俺が眠っている間、特に問題はありませんでしたか？」

はい、と頷く光春に、蘇芳は重ねて尋ねる。

「最初に確認しておきたいんですが、遠野さんは霊が見えますか？」

「えっ？　いえ、見えないですが……」

「見えなくても、妙な気配を感じたことはありませんか？　視線とか……」

真剣な面持ちで尋ねられ、光春は視線をさまよわせる。頷こうとしたが、意思に反して体が動かない。

日常的に視線を感じているのは事実なのに、そうと言い出せないのは高校時代の友人の顔が頭にちらついてしまうからだ。

『やばい、遠野って怖い話とかするんだ？』

悪気もなくそう笑い飛ばされたショックは、未《いま》だ深く胸に食い込んでいる。

蘇芳なら自分の言葉を茶化したりしないだろうと、わかっていても体が強張った。これまで何度も「嘘つき」「気のせいだ」と自分の言葉を切り捨てられてきたせいで、自分でも自分の言葉に真実味を感じられない。

多分、自分の耳が一番自分の言葉を信じられないのだ。だから言葉を発することそのものに怯《ひる》んでしまう。

声も出せず唇を戦慄《わなな》かせていたら、「遠野さん」と名前を呼ばれた。

恐る恐る顔を上げると、真剣な顔をした蘇芳と正面で視線が交差した。

「どんなことでも言ってください。俺は貴方《あなた》の言うことを信じます」

「……どんなことでも?」

ようやく喉から押し出した声は情けなくも震えてしまったが、蘇芳はそれを指摘することもなく「どんなことでも」と繰り返す。

蘇芳の瞳はまっすぐだ。これまでも、何度も蘇芳は光春の言葉に耳を傾けてくれた。その姿を思い出し、ためらいごと呑み込むようにごくりと唾を呑んで、光春は答えた。

「視線を感じることなら……よく、あります」

ようやく口にしたものの、すぐさま「でも勘違いです」と自分の言葉を否定した。

「子供の頃、よく変質者につきまとわれていたので、きっとその名残で……」

「変質者ですか。ちなみに、犯人が捕まったことは?」

「いえ、一度も……。だから子供の頃は、虚言癖を疑われました」

自分の言葉に胸を引っ掻かれ、光春は弱々しい笑みをこぼす。けれど蘇芳は一緒に笑わず、むしろ怒ったような顔で「それは違います」と否定した。

「遠野さんをつけ回していたのは、生身の人間ではなく霊の類でしょう。だから他の誰にも見えなかったんです。変質者を指さして『あそこに誰かいる』と周りの大人に訴えても、『誰もいないよ』と返されたことはありませんか？」

いつになく語気の強い蘇芳に気圧《けお》されつつも頷き返す。そんなことはしょっちゅうだったからだ。

蘇芳も、やっぱり、と言いたげに頷いた。

「霊が見える人間の方が稀《まれ》なんですから当然です。霊からしたら嬉しかったでしょう。誰も自分の存在を認識してくれないのに、貴方だけは振り返ってくれたんですから」

電柱の後ろ、自動販売機の裏、ブロック塀の陰からひっそりとこちらを見ていた黒い影を思い出し、光春は愕然《がくぜん》として目を見開いた。

「あんなにはっきり見えていたのに、あれが幽霊なんですか……？」

「貴方の目にそこまではっきり見えているのに、他の人間には見えないことこそ、相手が生身の人間でないことの証左です」

噛んで含めるような口調で言われて目を瞬かせる。

「てっきり、自分の伝え方が悪いんだと思ってました……」

「違いますよ」

思わず呟いた言葉はきっぱりと否定され、膝に置いた手に蘇芳の手が重ねられた。強く握られ、どきんと心臓が跳ねる。

「貴方は俺と同じ、見える側の人です。俺は実家のつてもあって比較的早くこういう体質があることを知りましたが、それでも両親に理解してもらうまでには少し時間がかかりました。遠野さんも、大変でしたね」

光春は言葉もなく目を見開く。

重なった掌《てのひら》より、大変でしたね、と寄り添ってくれる言葉に胸を衝《つ》かれ、息が震えそうになった。

高校生のとき、初恋の相手に『視線を感じる』と打ち明けた。あのとき期待していたのは、同情でもなければ完璧な解決策でもなく、こんな他愛もなくて優しい言葉だったのではないか。

そんなことを、今になって自覚した。

急速に視界がぼやけ、慌てて俯《うつむ》く。

「でも、大人になってからは全く、そういうものは見なくなったんですけど……」

「そうでしょうね。貴方に近づく低級霊を追い払う存在がいたようですから」

「そんなありがたい存在が？」

光春の言葉に、蘇芳が表情を険しくする。

「ありがたいどころか、質《たち》が悪いですよ。昨日俺たちを襲ってきた悪霊がその正体です」

光春は戸惑って視線を揺らす。普通、悪霊というのは人間に害をなす存在なのではないか。

それがどうして他の霊から自分を守ってくれるのだろう。

蘇芳もその理由がまだはっきりわからないのか、小さく首をひねった。

「よほど貴方を独占したいのかもしれませんね。ここのところ続いていたストーカー被害も、あの霊が起こした霊障だと思われます。最初の頃は大人しくしていたんですが……」

「……最初って、いつですか？」

一体いつから霊に取り憑《つ》かれていたのか気になって尋ねると、蘇芳がふつりと口をつぐんだ。なぜか後ろめたそうに目を逸《そ》らされたが、すぐに観念した様子で答えを返す。

「初めて遠野さんに会った日、です」

「僕が体調を崩していたときですか？　そんなに前から……」

「ええ。なんだかとんでもなく執着心の強そうな霊を背負ってふらふら歩いている人がいたので、何事かと後を追ったんです」

光春に声をかけたはいいものの、どう対処したものか蘇芳も迷ったらしい。自分はすでに寺を出ているし、僧侶としての肩書も失っている。そんな人間が突然「貴方の後ろに霊がいる」などと言い出したら、妙な霊感商法と勘違いされてしまうかもしれない。

それに、光春の背負っている霊は執着心こそ強そうだが、辺り構わず害をなすわけでもなさそうだ。むしろ霊感の強い光春にふらふらと近寄ってくる低級霊を威嚇して撥《は》ねのけている。

実害もなさそうだし、最初は静観しているつもりだった。だが、いつ見ても光春の背後にはあの霊がいる。もしや一生光春につきまとう気かと思ったら、さすがに放っておけなくなった。

「霊感の強い人間は、霊から見るとまさしく闇夜の灯火《ともしび》のように見えます。だから俺も取り憑かれやすいですし、こちらから霊を呼ぶこともできます」

例えば、と言いながら、蘇芳がぐっと身を乗り出してきた。互いの肩が触れ合い、目の前に蘇芳の顔が迫って息を呑む。

「霊に憑かれている人間に俺がこれくらい近づけば、大抵の霊はこちらに移ってきます」

「そ、そうなんですか……」

「ええ。ですから遠野さんとも密《ひそ》かに身体接触を増やしていたんですが……あの霊はよほど遠野さんから離れたくないんでしょうね。まったくこちらに来ませんでした」

思案気に呟きながら身を引いた蘇芳を見て、光春は息を詰めた。

（……そんな理由があったのか）

蘇芳は妙に他人との距離が近いと思っていたが、そういうことだったのか。肩や背中に触れたり、顔を覗き込んできたり、後ろから抱きしめられたりしたのも、全部霊を自分の方へ引き寄せるためだったのだ。

（そうか……。そうだよな。よかった、期待とか、勘違いとかしなくて……）

よかった、ともう一度胸の中で呟いてみたが、言葉とは裏腹に胸の奥が引き絞られるようにキリキリと痛んだ。心の底では期待していた証拠だ。

こんなことで傷ついていることを知られたくなくて、光春はさりげなく話題を変える。

「そういえば前に蘇芳さんからもらった栄養剤ですけど、あの中身はなんだったんですか？」

「あれは雲母《うんも》ですね。鉱石の一種です」

「石？　でも、すごく薄くて……」

「雲母は薄くはがれるのが特徴なんです。だから『千枚はがし』とも呼ばれます。公園前通りにある鉱石ショップで買ってきました」

「石が栄養剤になるんですか？」

「栄養剤にはなりませんね。でも、魔除《まよ》けには使えます」

買ったばかりの花が枯れた、と光春から聞かされたとき、蘇芳はすぐにそれを霊からの警告だと察した。光春に憑いている霊がなんらかの不満や怒りを覚え、それを光春にわかってもらおうとアクションを起こしたのだ。

どんなきっかけで霊が暴走するかもわからず、取り急ぎ栄養剤と偽ってお守り代わりに雲母の欠片を光春に手渡したらしい。

蘇芳の話を聞いた光春は、すっかり気が抜けてソファーにどさりと背中を預けた。

「一瞬、人の爪かと思いました」

「言われてみれば、ちょうど親指の爪くらいの大きさでしたね。でも、どうしてそんな突拍子もないことを？」

「家の前に髪や爪がばらまかれた直後だったので……」

「髪？」

蘇芳の顔が強張って、うっかり口を滑らせた光春は慌てて背凭《せもた》れから身を起こした。

「いえ、一瞬で消えてしまったので見間違いかもしれませんが……」

「見間違いではなく、それも霊障では？」

いつもの癖でとっさに自分の言葉を否定した光春だったが、すんなりと会話が進んだことに目を見開いた。

そうだ、蘇芳はこの手のことに詳しいのだから、光春自身信じられないような不可解な出来事もきちんと受け入れてくれるのだ。

ようやくそんな心安さが胸に芽生え、アパートの部屋の前に落ちていた髪や爪のことをぽつりぽつりと打ち明けることができた。

最後まで話を聞き終えると、蘇芳は深刻な表情で口を開いた。

「だったら貴方は昨日、ストーカーかもしれない男のところに自分から足を運んできたということですか？」

「あ、いえ、包みの中を見たときは驚きましたが、本気で蘇芳さんが犯人だと疑っていたわけではないので……」

「でも、俺が犯人だという可能性も頭の片隅にはあったんですよね？」

「可能性くらいは、多少……。でもそれより、電話口の蘇芳さんの様子がいつもと違っていたのが気になって……」

しどろもどろに言い訳をしていると、蘇芳が片手で顔を覆ってしまった。

「……そういう優しさが霊につけ込まれるんですよ」

さすがに呆《あき》れられてしまったようだ。肩を縮め、すみません、と謝ると、指の隙間から蘇芳がこちらを見た。冷淡な視線を向けられるかと思いきや、目元には笑い皺が刻まれている。

「遠野さんのそういうところ、好ましいと思いますけどね」

艶っぽい流し目にどきりとしたが、蘇芳の言動に深い意味などないと思い知らされたばかりだ。赤くなった顔を見られぬよう、俯いて礼を言うにとどめた。

「ともあれ、今回は俺も霊に目をつけられてしまいましたし、祓いましょう」

光春は伏せていた顔を勢いよく上げる。いつの間に蘇芳まで目をつけられたのだと慌てたが、

「石の包みを開けた瞬間でしょう」とあっさり返された。

「あの石には、俺が術式をかけて霊を退ける効果を付与してありました。石を包んだ紙の中央に俺の名前が書いてあったのには気づきましたか？」

頷く光春の前で蘇芳は人差し指を立て、指先で宙に自分の名前を書いてみせた。

「名前は結構怖いもので、人でないものに名を知られて魂を奪われる、なんて話は世界各国にあります。個人を一言で言い表せてしまう『名前』はそれだけ特別で、強い力を持つんです。ですから、魔除けの札なんかには術者の名前を忍ばせておくこともあります」

術者個人を特定する名前を記すことで魔除けの威力は増す。半面、そこに書かれた名を相手

に見られたら最後、たちどころに術者の身元は露見し、魔を引き寄せる結果にもなる。

昨日、光春が包みを開いた直後に蘇芳から電話が来たのも、時を同じくして例の悪霊が蘇芳の前に現れたからだったらしい。

「死者を葬送するにも名の扱いは重要です。寺では現世で使っていた名を捨てさせ、新しい名――戒名を与えることで、死者にこの世の未練を断ち切らせます。ですから、浮遊霊や地縛霊を祓うのはなかなか難しいんですよ。生前の名を知ることができないので」

蘇芳が壁にかかっていた時計をちらりと見る。そろそろ十八時。外が暗くなり始める頃だ。

「まあ、そちらは俺の専門分野なので任せていただければ。遠野さんは夜道が心配なので、そろそろ帰らないといけませんね」

「そんな――」

自分も残る、と言おうとした。もともとは光春に取り憑いていた霊なのだ。

だが、霊に詳しくもない自分が残ったところで、何かの役に立てるとも思えない。

わかっていても、このまま帰る気にはなれなかった。ここにいたい。蘇芳の力になりたい。でも邪魔にはなりたくない。

膝の上に置いた手をきつく握りしめる。胸に浮かんだ言葉を素早く摑み上げて口にすることに光春は慣れていない。どうやって伝えればいいのか悩んでいるうちに、いつも会話は先へ流れていってしまう。

なかなか言葉が出てこないことに焦れ、もどかしい気分で蘇芳に目を向けた。

蘇芳は善後策を考えるのに忙しく、こちらを見てもいないだろう。そう思ったのに、違った。

蘇芳は、ずっと光春を見ていた。

「どうしました」

静かに問いかけられ、蘇芳から目を逸らせなくなる。

俯いて黙り込む自分の言葉を、蘇芳はずっと待っていてくれた。目と耳を向けてくれていた。

そう思ったら、喉を締めつける強張りが緩んだ。

「……僕も、ここにいたいです」

これが本心からの言葉だと、きっと蘇芳は理解してくれる。ごく自然にそう思えた。

「何ができるわけでもないかもしれませんが、ここにいさせてください」

ひた向きに蘇芳を見上げて訴える。しかし蘇芳は戸惑ったような顔をして、すぐには返事をしなかった。

「こんな危ないことに一般の方を巻き込むのは、さすがに気が引けます」

そう言って席を立ち、部屋の隅に置かれた冷蔵庫の前へと行ってしまう。

やはり駄目か、と肩を落としたが、すぐに蘇芳は冷蔵庫からペットボトルを二本取り出して戻ってきた。

「でも、外にいる霊に関する情報が何もない今の状況では、正直大変ありがたい申し出です。

ぜひご協力願います」

どうぞ、とペットボトルを差し出される。

退けられなかった、と思ったら背筋に震えが走って、光春は無言のまましっかりと頷き、ペットボトルを受け取った。

「早速ですがいくつか質問させてください」

そう言って、蘇芳は光春の隣に腰を下ろす。

「遠野さんに取り憑いている霊は、近づいてくる他の霊を押しのけてまで貴方を独占しようとしています。これだけ執着されるということは、何かしら遠野さんと縁のあった相手ではないかと思うのですが、心当たりは?」

「……いえ。そもそも身近で亡くなっているのは母方の祖母くらいなので」

「ちなみにお祖母様のお名前は?」

「登紀子《ときこ》です。藤森《ふじもり》登紀子」

藤森登紀子、と口の中で呟いて、蘇芳はちらりと店の方を見る。一日中閉めっぱなしだったシャッターは沈黙して、物音ひとつ聞こえない。違うようだ。

蘇芳は難しい顔で腕を組み、自身の爪先をじっと見詰めた。

「遠野さんが変質者に追いかけられなくなったのはいつ頃です?」

「小学校の高学年になる頃にはもう、変質者を見かけることはなくなりました」

「ということは、その頃からあの霊は遠野さんに取り憑いていたことになります。十年以上大人しくしていたのに、どうして急に怪異を起こすようになったんでしょう。何か最近、生活に変わったことは？」

光春は口元に手を当てて考え込む。

強いて言うなら、蘇芳の店に通うようになったことくらいか。家に帰っても蘇芳のことを考える時間が増えたし、ふとした拍子に蘇芳の名が口から漏れるようになったりもした。だが、本人を前にそんなことは口が裂けても言えず、曖昧に首を傾げた。

「遠野さんの家の前に髪や爪が落ちていたというのも、妙に具体的で気になります。何かを強く暗示しているのでは？　身近で同じような事件があったとか」

今度はぴんときて、「ありました」と大きく頷いた。

「子供の頃、同じようなストーカー事件があった気がするんです。テレビなんかでも結構大きく扱われていたような……」

蘇芳は携帯電話を取り出し「いつ頃の事件かわかりますか」と続けて尋ねる。

「小学生の頃だったと思います。僕もネットで調べてみましたが、それらしい記事は見つけられなくて」

「だとすると、テレビで大々的に報じられたのではなく、ごく近所で起きた事件という可能性は？」

近所、と聞いて胸がざわついた。

先日、祖母の住む田舎で聞いたのと同じイントネーションで喋る人たちの夢を見た。会話の内容は、光春が受けているのと同じようなストーカー被害を噂《うわさ》し合うものだ。目覚めた直後は気づかなかったが、あれは単なる夢ではなく、かつて自分が耳にした言葉だったのではないか。

光春は掌で額を押さえ、夢を頼りに必死で当時の記憶を手繰る。

「そういえば、小学生のとき、夏休みの間祖母の家で過ごしたことがあるんです。そのとき、近くに住んでいた女の人の家の前に、髪と爪がばらまかれていたらしいと近所の人たちが……」

「その女性がストーカー被害を受けていたと？」

「いえ、みんなはその人の話を、あんまり信じていなかったような……」

そうだ、田舎で耳にした『あの子はいつも大げさにものを言うから』というあの言葉は、自分に向けられたものではなかった。

祖母の家の近くに住んでいた女性に向けられたものだ。

「もし本当に家の前に髪や爪が落ちていたら怖いだろうな、と、そう思ったのを覚えています……」

「その後、女性は？」

「それは……わかりません。でも、もしかしたら母が覚えているかもしれません」

光春はごそごそと携帯電話を取り出して母親に電話をしてみる。

幸いすぐに連絡がついたので、当時のことを母親に尋ねてみた。

母はあのとき光春と一緒に帰省していない。だが、祖母とは普段からよく電話でやり取りをしていたようで、祖母の家の近くに住んでいた女性のことも覚えていた。

会話が進むうちに、光春の鼓動が乱れ始めた。背中に冷たい汗が浮く。

「……どうでしたか？」

電話を切るなり、待ち構えていた蘇芳に尋ねられ、光春は青ざめた顔で唾を呑んだ。

「……僕が東京《とうきょう》に戻ってすぐ、女性が見つかったそうです。……遺体で」

蘇芳は軽く眉を顰《ひそ》めただけだったが、光春は大いに驚いた。身近でそんな事件があったなんて今の今まで全く知らなかったからだ。

母も祖母からちらりと聞いただけらしいが、祖母の家の近くに住んでいたその女性はもともと感情の起伏が激しい人物で、以前から狂言自殺などを繰り返していたらしい。祖母も含め、周囲の人間は彼女からストーカー被害に遭っていると訴えられても、いつものことと真に受けなかったそうだ。

しかし、彼女は本当にストーカー被害に遭っていた。一方的に犯人につけ回され、最後は背後から刃物で刺され、崖から突き落とされたそうだ。

話が進むにつれ、蘇芳の表情が険しくなる。

「確か遠野さん、お祖母様の家の近くに崖があるって言ってましたね。落ちたら遺体も上がらないと……まさか、その崖から？」

「そうです、だからその女性の遺体も、なかなか発見されなかったらしいです。僕が祖母の家に行ったときにはもう女性は行方知れずになっていて、僕が東京に戻ってからようやく発見されたくらいで……」

「花を――」

唐突に、蘇芳が光春の言葉を遮った。張り詰めた表情で光春の顔を覗き込んで続ける。

「田舎にいたとき、よく花束を作っていたと言っていませんでしたか？　それを隠していたとか、誰かにあげたとか」

蘇芳の顔が近い。うろたえて目を泳がせつつ、そうです、と頷く。

「花束を持って帰ると近所の人があれこれ言ってくるので、よく崖際に置いてきました。あそこなら近所の人もあまり来ませんし。一度、崖から海を眺めていた女性に花をあげたことも……」

喋っているうちに、かつてなく鮮明に当時の光景を思い出した。

水平線に落ちていく赤い夕日と、赤い空、赤い海。目に焼きつくような赤い世界で、崖際に立つ女性の後ろ姿だけが黒かった。振り返った顔はもう思い出せない。記憶にあるのは、クレヨンで塗り潰されたように真っ黒なシルエットばかりだ。

瞳を揺らしていると、「遠野さん」と静かな声で名を呼ばれた。

焦点を取り戻した目で蘇芳を見返すと、いつもよりゆっくりとした口調で問われた。

「遠野さんが花を渡した相手は、本当に生きている人間でしたか？」

「え……」

「遠野さんが変質者の姿を見かけなくなったのは、田舎から帰ってきた後では？」

言われてみれば、そうかもしれない。祖母の家から戻って以来妙な人影を見る機会はめっきり減って、だから両親は「環境を変えたのがよかったんだろう」と喜んでいた。

「遠野さんが田舎に行ったときには、もうその女性は行方不明になっていたんですよね？　だとしたら、その時点ですでに女性は亡くなっていたはずです」

蘇芳は考えを整理するようにしばし黙り込み、「これは俺の想像ですが」と前置きしてから言った。

「その女性は、ストーカー被害を訴えたものの周囲の人間に信じてもらえず、不幸にも命を落としてしまった。その上、遺体はなかなか発見されず、自分の死を悼んでくれる人もいなかった。……貴方以外は」

光春は目を丸くする。僕、と自分を指さすと、軽く頷き返された。

「遠野さんにそんなつもりはなかったのかもしれませんが、その女性からしてみれば貴方のしたことは、亡くなった場所に花を手向けてくれたことにほかなりません」

「あ……っ」

蘇芳はさらに「遠野さんは普段から部屋に花を飾っていたんですよね？」と問う。

「いつ頃からそういった習慣が？」

「いえ、もう、物心ついた頃から……母が花を扱う仕事をしていましたから、自然と花の世話は僕がすることになっていました」

「そうやって貴方が花を飾ってくれる姿を見て、その女性は心を慰めていたのかもしれません」

「その人のために花を飾っていたわけでもないのに……？」

そうですね、と、蘇芳は少し切なそうに目を細める。

「自分のため、と思い込みたかったんでしょう。生前、必死でストーカー被害を訴えたのに聞き入れてくれなかった人間が供えてくれた花では、心が慰められなかったのかもしれません」

光春は何か言い返そうとして、ぐっと声を呑み込んだ。

蘇芳の言葉が正しければ、その女性はもう十年以上自分に取り憑いていたことになる。その間、光春の生活は以前より平穏だった。たまに視線を感じることはあったが、それは彼女ではなく、光春に取り憑こうとしている他の低級霊の仕業だったのではないか。

それなのに、ここ最近急に霊が光春に対して攻撃的になった理由。

思いつくことは一つしかない。

（花の手入れをしながら、僕が蘇芳さんの名を呼んでしまったからだ）

花を眺めながら別人の名前を呼ぶ光春の姿を見て、現実が見えてしまったのかもしれない。

この花は、決して自分を悼むために供えられているのではないのだ、と。

「遠野さんの家の前に髪や爪が落ちていたのも、その女性が実際に受けた被害を遠野さんに追体験させたかったからかもしれませんね。自分はこんなにひどい目に遭ったんだ、と遠野さんにわかってもらいたくて」

光春は無意識にシャツの胸の辺りを握りしめる。気味の悪い嫌がらせだと思っていたが、あれは彼女からの必死のＳＯＳだったのか。

亡くなってなお、誰かに助けてほしくて必死でもがいている。そう思ったら、軋《きし》むように胸が痛んだ。

俯く光春の横で、蘇芳は思案気な表情を浮かべ腕を組んだ。

「目下の問題は、どうやってその女性を祓うかですね。お母様は、被害女性の名前をご存知ではありませんでしたか？　それがわかれば話は早いのですが……」

「それが……その女性は事件が起きる数年前に田舎へ引っ越してきたそうで、母も直接面識があるわけではないらしいんです。せいぜいわかるのは、佐藤《さとう》さんという苗字だけで」

「名字だけだとさすがに難しいですね。珍しいものならまだしも、佐藤さんでは……」

祖母も亡くなって久しい。他にあの土地に住んでいた親戚もいない。

無理か、と諦めかけたが、光春は大きく首を横に振った。

夜道で後をつけられたり、玄関の前に髪や爪をばらまかれたり、真夜中にドアを叩かれたり。男の自分でも不安を覚えたあんな行為を被害女性も受けていたのだ。さぞ怖かったろうし、誰かに助けを求めたかったことだろう。

亡くなった今もその恐怖に囚《とら》われているのだと思うとどうにかしてあげたくなって、必死で過去の記憶を手繰る。

他に何か思い出せることはないか。祖母の家で過ごしたあの夏の間に、心に引っかかった光景や、会話はないか。

年の近い子供が近所にいなかったので、とにかく暇を持て余していた記憶はある。せいぜい花を摘むか、祖母のお茶飲みにつき合うかしかやることなどなかった。

よく祖母が茶飲みに訪れていたのは、庭先にアザミの花を植えていた家だ。あの頃はまだ光春もアザミが苦手ではなかった。

いや、あの頃を境にアザミが苦手になったのか。

(……なんでだっけ?)

なぜあの花に苦手意識を持ったのだろう。棘でも指に刺さったか。

花の陰から、祖母たちがお喋りする様子をずっと見ていた。目の端にちらちらと赤い花が映り込む。

苦手だったのは、多分花そのものではない。その名前だ。

大人たちがアザミの話をしていると、いつも不穏な気配を感じて怖かった。

そうだ、怖かった。大人たちが、ではなくて、その後ろに立つ——アレが。

「……アザミの話をしていると、アレが来るんです」

思うより先に言葉が口を衝いて出ていた。

ようやく指先に引っかかった記憶の糸を手繰るのに必死で、自分の言葉が他人の耳にどう響くかまで考えている余裕がない。

蘇芳も身を屈《かが》めて光春の口元に耳を寄せてくる。

「アレというのは？」

「わかりません……でも、誰かがアザミの話を始めるとやってきます。いつの間にかみんなの後ろに立っているんです。顔が真っ黒で、歪《いびつ》に膨らんだ——……」

今にして思うと、あれは殴られ、顔を腫れ上がらせた女性ではなかったか。俯いた顔には大きな痣《あざ》が浮かび、それが翳《かげ》ってますます顔が黒く見えた。

「大人たちはアザミの話をしていたんですか？　そうすると、それが来る？」

「そうです、アザミの話を、みんなで……」

「花の話を？」

あっ、と光春は目を見開く。蘇芳はもう何か気づいた顔だ。

そうだ。花の話ではなかった。田舎の老人たちは訛《なま》りがひどく、独特のイントネーションで、言葉は多く濁音が混じった。だから勘違いしたのだ。庭に咲いたアザミの印象も相まって、花の話をしているのだと今の今まで思い込んでいた。

「……花ではなくて、たぶんあれは、アサミさんの話でした」

老人たちが茶飲みの合間に囁き合う。

アサミはどうだ。帰ったか。いやまだだ。いつもの狂言だろう。そのうちけろっとして帰ってくる、所詮アサミのことだ、と。

老人たちの背後には、暗い目をしたアサミがいた。その表情すら見えないほど、アサミの顔は真っ黒だった。

「佐藤アサミさん、で間違いなさそうですね」

蘇芳が呟くと同時に、激しくシャッターを叩く音が店内に響き渡った。

びくりと肩を震わせた光春を庇《かば》うように蘇芳がソファーから立ち上がる。それを見て、思わず蘇芳の手を摑んで引き留めてしまった。

「あの、ど、どうするんですか……?　アサミさんのこと……」

蘇芳は光春の手をちらりと見て「祓うしかありません」と言った。

「名前さえわかれば、強制的に祓うことは可能ですから」

かつてなく冷淡な蘇芳の顔に怯んだものの、光春は摑んだ手を離せない。

アサミは長年光春に取り憑いていたらしいが、元はといえば光春が花を差し出したのがきっかけだ。悪さをするわけでもなく、むしろ光春を低級霊から守りながら花を眺めていただけの存在である。力尽《ちからづ》くで祓うのは、なんだかかわいそうな気がした。

黙り込み、強く蘇芳の手を握りしめる光春を見て、蘇芳もその胸の内を悟ったのだろう。光春を見下ろして眉を寄せる。

「同情はよくありませんよ。相手はこの世のものではないんです。貴方に危害を加えようともしましたし」

「でも……アサミさんのおかげで妙な人影を見なくなって、虚言癖を疑われることもなくなったんです。せめて、お礼だけでも……」

だんだんと尻すぼみになる声で訴える。

蘇芳はしばらく返事をしなかったが、いつまでも自分の手を摑んで離さない光春に最後は根負けしたらしい。溜息交じりに呟いた。

「……少しだけですよ」

「……っ、ありがとうございます！」

光春は蘇芳に向かって勢いよく頭を下げ、自分もソファーから立ち上がった。

蘇芳とともにバックヤードを出る。店先のシャッターは閉まったままだ。まずは蘇芳が前に出てゆっくりとシャッターを上げた。その手はエプロンのポケットに添えられていて、何かあればすぐにも法具を出す気でいるようだ。

薄く開いたシャッターの隙間から、真っ赤な夕日が射し込んできた。まるで室内に血が流れ込むように、店先の床を赤い光が染め上げる。

シャッターを三十センチほど開けたところで、蘇芳が後ろに下がった。

蘇芳と入れ替わりに前に出ようとして光春は息を呑む。それまで蘇芳の体に隠れて見えなかったものが目に飛び込んできたからだ。

少しだけ開いたシャッターの隙間から、爪先を揃《そろ》えた足が見えた。

片方の足には踵《かかと》の高い靴を履いているが、もう一方の足は裸足《はだし》だ。むき出しの爪先を、泥のついた、たるんだストッキングが覆っている。

こんな状態で平然と外を歩く人間がいるとは思えない。シャッターの向こう側にいるのは、十中八九この世ならざる者だ。

光春は唾を呑むと、恐る恐るシャッターに近づいた。わずかに見える足は微動だにしない。

あの、と声をかけようとしたが、それより先に低くひしゃげた声がした。

『……どうして信じてくれないの』

女性とも、男性ともつかない声だった。機械で加工されたそれとも違う。喉を無理やり切り開いて、声を変えさせられているかのような。

ぞわりと背筋に鳥肌が立つ。蘇芳がそっと背中に手を添えてくれなければ、後ずさりしてしまったかもしれない。

『男の人につけ回されて、家の前に髪や爪をばらまかれて……怖いよ、どうしてみんな信じてくれないの。嘘じゃないのに……』

立ち尽くす光春の耳元で、蘇芳が低く囁く。

「霊が同じ言葉を繰り返すときは、死の間際に胸に浮かんだことを呟いていることがほとんどです。怖い、とか、死にたくない、とか」

シャッターの向こうに立つアサミはずっと『嘘じゃない』と呟き続けている。

『嘘じゃない……嘘じゃないのに……』

低くしゃがれた悲痛な声を聞いているうちに、胸が押しつぶされるような気分になってきた。

光春も幼い頃、よく同じ言葉を口にしていたからだ。

嘘じゃない、本当にそこに誰かいるのに。どうして誰も信じてくれないの、と。

「……嘘なんてついていないのに、信じてもらえないのは淋《さみ》しいですよね」

呼びかけると、アサミの声がぴたりとやんだ。唐突な沈黙にぎくりとしたが、背中を支える蘇芳の手に励まされて続ける。

「辛《つら》かったですね……。僕もよく、嘘つきって言われていたから、わかります。嘘なんてついてないのに……」

アサミからの返事はない。シャッターの隙間から見える足も、マネキンのように動かない。

慰めたい。自分は貴方の気持ちがわかると伝えたい。そう思って口を開きかけたが、蘇芳にそっと止められた。

「あまり同情しすぎると、霊が遠野さんから離れられなくなってしまいます」

これ以上言葉をかけるのはよくないらしい。光春はもどかしい気持ちで両手を握りしめた。アサミの気持ちがわかるだけに、このまま逝かせるのがかわいそうで、遣《や》る瀬ない。せめて最後にアサミを慰められないか。視線を揺らし、光春ははたと目を留めた。

「……蘇芳さん。そのケースにある花をいただけませんか。きちんと代金はお支払いしますから」

店内に並んだ切り花を指さした光春を見て、蘇芳はいささか面食らったような顔をした。

「それは……構いませんが」

どうするつもりだと問いたげな顔をしつつ、蘇芳はケースを開けてくれる。好きに取ってくれて構わないと言う蘇芳に礼を述べ、目についた黄色いひまわりを手に取った。オレンジ色のガーベラも添え、子供の頃にそうしたように、リボンもつけず、ラッピングもせず、濡《ぬ》れた花の根元を束ねてシャッターの前に立った。

「佐藤アサミさん」

名前を呼ぶと、シャッターの向こうの空気が揺れる気配がした。

「これから毎日、貴方のために花を飾ります。貴方の心が少しでも慰められるように」

光春はその場にかがみこんでシャッターに手をかける。

「遠野さん、駄目です」

すぐに蘇芳に肩を摑まれたが、首を横に振って指先に力を込めた。

シャッターの向こうのアサミは動かない。微動だにしないその足元を見て、蘇芳も光春の肩にかけた指から力を抜く。

ゆっくりと、重たいシャッターを押し開ける。順々に、アサミの姿が見えてくる。

たるんだストッキングを穿《は》いた足、擦りむけた膝、泥で汚れたスカートの裾。さらにシャッターを上げ、体の脇にだらりと垂れた両手と、スカートのウエスト部分から引きずり出された白いブラウスを痛々しい思いで見詰めた。

いよいよ胸元が見えてきて、光春の心臓は不安と緊張で大きく脈を打つ。

アサミは亡くなったときの姿でそこにいる。もしもアサミの顔が赤黒く腫れ上がっていたら、悲鳴を上げずにいられるだろうか。生前傷ついた人を、もうこれ以上傷つけたくない。

光春は一度手を止めると、大きく息を吐いてから一気にシャッターを上げ切った。

シャッターの向こうから夕日が差し込み、眩《まぶ》しさに思わず目を細めた。

逆光のせいで、アサミの顔は見えなかった。幼い頃、崖際で花を手渡したときと同じように。

光春ははっきりと目を開けられないまま、アサミに向かって花を差し出す。

「どうぞ。貴方のために選びました」

それまでずっと体の脇に垂らされていたアサミの手がゆっくりと動いた。爪の間に泥の詰まった手が、光春の方に伸びてくる。

背後で蘇芳が身じろぎしたが、光春は動かなかった。アサミは静かに花を受け取り、自身の胸に抱き寄せる。

店内に差し込んでいた夕日が、潮が引くように消えていく。日没の時間だ。

アサミの顔を隠していた逆光も薄れ、花に顔を埋めるアサミの目元が見えた。

アサミは何も言わない。けれどその目元には、微かな笑みが浮かんでいた。アサミの口元で花が揺れて、もしかすると笑ったのかもしれない。

次の瞬間、強い風が吹いてシャッターが激しく揺れた。大きな音に驚いて後ずさりしたら、足元がふらついてその場に尻もちをついてしまう。

「遠野さん……！　大丈夫ですか！」

蘇芳も慌ててその場に膝をつく。平気です、と頷いてもう一度店の入り口に目を向けると、直前までそこにいたはずのアサミの姿が消えていた。代わりに、アサミが立っていた場所にひまわりとガーベラの花束だけが落ちている。

「……いない」

「成仏したんでしょう」

「えっ、いつの間に……？」

自分の背後で蘇芳がアサミを成仏させるための儀式でも行っていたのかと思ったが、違いますよ、と首を横に振られた。

「貴方の言葉で、彼女はこの世に留まり続けることをやめたんです。おかげで無理やり祓わずに済みましたが……あんな危ないこと、もう二度としないでくださいね」

後半は窘《たしな》めるような口調で言われてしまい、はい、と光春は肩を落とす。

アサミの姿と過去の自分を重ね、蘇芳の制止も聞かず勝手なことをしてしまった。何かあったら蘇芳のことも危険にさらしてしまったのだと今更思い至って青ざめていると、ぽんと背中を叩かれた。

「でも、今回は万事丸く収まったのでよしとしましょう。遠野さんのおかげです。貴方の言葉はいいですね。飾りけがなくて、まっすぐ届く。死者の心にも」

光春は蘇芳を見上げたまま目を瞬かせる。よほど驚いた顔をしていたのか、蘇芳に「どうしました」と首を傾げられた。

「いえ、僕は……自分の言葉を口にするのが苦手だったもので……」

今だって、自信のなさを表すように言葉尻が空気に溶けてしまう。それなのに、蘇芳は笑ってこんなことを言った。

「もっと自信を持ってください。現にアサミさんは、貴方の言葉を受け入れてこの世への未練を断ち切ったんですから」

そうなのだろうか。すぐには返事のできない光春に、蘇芳は優しく目を細める。

「これからは死者だけでなく、周りの人間にも物怖《ものお》じせず声をかけてみたらどうですか。案外、貴方の言葉を待っている人もいるかもしれません」

「……そうでしょうか」

「ええ。ぜひ自信を持ってください。大丈夫ですよ、伝わります」

蘇芳の言葉を聞きながら、自分よりこの人の言葉の方がずっとまっすぐだな、と思った。声にもしっかりと芯が通っていて、温かい。迷う背中に手を添えられるようだ。無理に押してくることこそないが、怯んで後ずさりしそうになると確実に押しとどめてくれる。

(好きだな……)

改めて、想いが胸の底から湧いてくる。温かな湯のようなそれに浸っていたら、駅の方から、ごぉん、と低い音がした。

寺から響く鐘の音だ。

「……この鐘、蘇芳さんの実家でついてるんですよね」

「ええ、今頃兄貴がついてるのかな」

呟いて、蘇芳は眩しそうに目を細める。

二人して床に座り込んだまま、しばし言葉もなくレンガ通りの様子を眺めた。

夕時の空気は忙《せわ》しなく、店の前をたくさんの人が通り過ぎていく。喧騒《けんそう》に鐘の音が重なり、辺りにたっぷりと余韻を残しては消え、また厳かに鳴り響く。

昨日から非日常的なことばかり起こっていたせいか、何気ない日々の営みがやけに眩しい。

夕暮れの通りを見詰めたまま、光春も蘇芳も、しばらくその場から動くことができなかった。


アサミに襲われ、蘇芳《すおう》の店のバックヤードで一夜を明かしたあの夜を境に、突然花が枯れることも、夜道で誰かに後をつけられることも、アパートの前に爪や髪をばらまかれることもなくなった。

これまでアサミが低級霊を退ける役割を果たしていたのなら、また昔のように不審な影を見かけるようになるのでは、と身構えていたが、今のところそういう気配もない。

子供の頃は毎日のように怪しい人影を見ていた気がするのだが、実際はもっと頻度が低かったのか。あるいは大人になって少し鈍感になったのかもしれない。

アサミに約束した通り、部屋には毎日花を飾っている。花は駅前通りの花屋で買うようになった。メインストリートである駅前通りなら夜の九時近くまで店が開いているからだ。

無論それはただの言い訳で、本当は蘇芳と顔を合わせ辛《づら》くてレンガ通りに足を向けられないだけである。

（だってなんだか、居た堪《たま》れない……）

会社のパソコンに向かって、光春《みつはる》は深々と溜息《ためいき》をつく。

七月も半ばを過ぎ、最後に蘇芳の店を訪れてからすでに二週間以上が過ぎている。

アサミが消えた後、蘇芳は「また何かあったらすぐ連絡をください」と言い、いつものように外まで見送ってくれた。

笑って手を振る蘇芳は、他の客を見送るときと全く同じ顔で、改めて蘇芳にとって自分はちょっと厄介な客の一人でしかないのだと思い知った。

そのことにショックを受けるということは、もしかしたら、とほのかに期待していたことを認めるも同然で、だから光春はあれ以来蘇芳に会いに行けずにいるのだ。

もう何度目になるかわからない溜息をつくと、隣に座っていた綿貫《わたぬき》に「どうしたの？」と声をかけられた。

「調子悪かったら早めに帰りなよ。あたしみたいに風邪拗《こじ》らせたら大変だから」

「あ、いえ、そういうわけでは……」

「本当？　遠野君すぐに無理するから」

綿貫の顔は疑わし気だ。また嘘《うそ》っぽく聞こえてしまったのかと口をつぐんだが、すぐに違うと思い直す。体調不良を訴えてもどうせ信じてもらえないからと、無理して出社していたかつての姿を覚えられてしまったのだろう。

光春はおどおどした口調を改め、しっかりと綿貫の顔を見て「大丈夫です」と答えた。

「そう？　だったらいいや。あと少しで定時だから、もうちょっとがんばろっか」

今度は綿貫も疑うような顔をしなかったので、ホッとした。

最近は、こうして極力自分の想《おも》いを口にするようにしている。自分で自分の言葉が空々しく聞こえてしまうのは相変わらずだし、信じてもらえないかもしれないという不安もあるが、だったら信じてもらえるように言葉を尽くそうと思えるようになったからだ。

（蘇芳さんのおかげだ……）

なかなか言葉が出てこない光春に根気強くつき合ってくれた。信じます、と繰り返し口にされ、どれほど心強かったか知れない。

おかげで黙りこんでその場をやり過ごすのではなく、きちんと相手に言葉を伝えようと思えるようになった。

いつまでも避けていないで、せめてお礼を言いに行くべきか思案していたら、背後で高浜《たかはま》の声がした。

「見てー！　うちのネコチャン！」

振り返ると、高浜が営業部の部下に自身の携帯電話を見せていた。愛猫自慢をしているらしい。

綿貫が椅子を回し「こっちにも見せてくださいよ」と声をかけた。金曜の定時間際、どことなく社内の空気は緩んでいて、高浜もいそいそとこちらにやって来た。

「ほら見て、この寝顔！」

「ははっ、白目剝《む》いてる」

「この気を抜ききった顔が可愛《かわい》くて」

「親馬鹿ですねぇ。もっと可愛い写真ないんですか。ちゃんと目を開けてるやつ」

相変わらず綿貫の言葉には取り繕ったところがない。とても自然だ。

高浜はちらりとこちらにも視線を向けたが、気まずそうに目を逸《そ》らして光春には写真を見せようとしない。すっかり光春を猫嫌いだと思い込んでいるようだ。

本当は、光春だって猫は好きだ。けれど今更そう打ち明けたところで、気を使って嘘をついていると思われるだけだろう。

肩を落として仕事に戻ろうとしたとき、ふと蘇芳の言葉が耳の奥で蘇《よみがえ》った。

『——大丈夫ですよ、伝わります』

後ろに下がりかけた背中に手を添えるような、温かくて力強い言葉だった。

信じてみようか。

そんな言葉が胸の片隅に降って湧いた。

そうだ。他人の言葉を信じもしないで、自分の言葉ばかり信じてほしいなんて虫が良すぎる。

大丈夫、という蘇芳の言葉を何度も胸の中で繰り返し、光春は思い切って高浜に声をかけた。

「あの、実は僕も、写真を撮ったんですが……」

高浜だけでなく、綿貫も驚いたような顔でこちらを見た。二人に向かって、数日前に自宅近くで撮った白猫の写真を見せる。

「えっ、野良猫？　足短いけど、マンチカン？」

すぐに高浜が食いついてきた。綿貫も「あらやだ、可愛い」と目を細める。

「マンチカンなのか、もともと足の短い猫かわからないんですが、可愛いなって……」

「うわー、可愛い！　でもうちの子も可愛いぞ！」

高浜が張り合うように自身の携帯電話を向けてくる。前にも見せてもらった、白と黒のハチワレだ。

光春はじっと写真を見る。可愛い。そう思う。でも、他人が大事にしているものを褒めるときは緊張する。嘘だと思われないか、お世辞のように聞こえないか、結果として相手を不快に思わせてしまわないか、身構えてしまってなかなか声が出ない。

けれど今日は、思い切って胸に浮かんだ言葉をそのまま口にした。

「可愛いです。すごく」

「だろ！」

高浜が嬉《うれ》しそうにデレデレと目尻を下げた。この顔を見るに、光春の言葉をみじんも疑っていないようだ。

「そうか、遠野《とおの》君もようやくネコチャンの可愛さに目覚めたか！」

「目覚めたというか……もともと猫は、好きで……。でも、母が動物アレルギーだったもので飼うこともできなくて……。だから、高浜さんが、羨ましいです」

全部本当のことだが、本当らしく聞こえただろうか。よくわからない。高浜に自分のことをわかってほしくて必死で、本当らしく喋《しゃべ》る余裕もなかった。

信じてもらえるかどぎまぎしていたら、高浜にポンと肩を叩《たた》かれた。

「だったら今度、一緒に猫カフェ行く？」

光春の顔を覗《のぞ》き込み、高浜が笑う。機嫌よさげな笑みだった。

（あ、伝わった）

そう思ったら、緊張で強張《こわば》っていた顔が緩んだ。

前から気になっていた猫カフェに誰かと行けるのも嬉しくて目元をほころばせれば、高浜に前より強く肩を叩かれる。

「なぁんだ、そういうことは早く言ってよ！　遠野君、意外と顔に出やすいね？」

思い切って口にした一言で、ちゃんと誤解が解けた。ああ、本当に伝わるんだ、という驚きと嬉しさが、胸の奥から同時に押し寄せる。

蘇芳のおかげだ。大丈夫、と背中を押してくれたから、勇気を出して声を出すことができた。

早速高浜と猫カフェに行く日取りを決めながら、思い切って本心を口にしなければこんな楽しい計画を立てることもなかったのだ、と改めて思う。

それはなんだか、とてももったいないことではないか。

（……会いにいこう）

天啓のようにそんな気持ちが胸に浮かんだ。

光春が蘇芳に寄せている想いと、蘇芳がこちらに向ける気持ちはきっと別物だ。それでも会って、言葉を交わそう。

恋心を伝えて蘇芳を困らせることはしたくないが、感謝の気持ちは伝えたい。

気恥ずかしさや居た堪れなさに負けて逃げていてはきっといつか後悔する。そんな予感に突き動かされ、光春は残りの仕事をいそいそと片づけ始めた。

久々に定時で仕事を切り上げ、自宅の最寄り駅で電車を降りた。

駅を出ると、賑《にぎ》やかな通りの喧騒《けんそう》に混じって寺の鐘の音が聞こえてくる。

折しも今日は金曜日。仕事帰りに蘇芳の店に向かうのは半月ぶりのことだ。

光春は逸《はや》る心を宥《なだ》めてレンガ通りに向かう。自然と足が速くなった。

蘇芳に会ったら、まず何を言おう。

しばらく足が遠のいていたことを詫《わ》びて、アサミの件で改めて礼を言って、会社で高浜と猫の話で盛り上がったことも伝えたい。

明かせないのは恋心ばかりだ。同性に想いを寄せる自分は少数派で、きっと蘇芳を困らせる。

でも蘇芳と花を選んでいると楽しいと、そのことだけは打ち明けよう。

山田《やまだ》生花店、と看板を掲げた店の前で足を止める。店内には明かりが灯《とも》っていて、レジカウンターの向こうには蘇芳の姿もあった。

数週間ぶりに見るせいか、端整な横顔を見ただけで息が詰まる。店内に客の姿はなく、蘇芳は静かに本を読んでいるようだ。

光春は緊張をほぐすべく深呼吸を繰り返し、ゆっくりと店の前に立った。

まずは、お久しぶりです、と声をかけよう。上手《うま》く笑えるだろうか。顔が赤くなりませんように。そんなことを思いながら引き戸を開けて店内に入ると、蘇芳が本から顔を上げた。

いらっしゃいませ、と柔らかな声をかけられることを期待したが、光春を見るなり蘇芳は口元に浮かべかけていた笑みを消し、ものも言わず勢いよく席を立った。

本を放り出し、大股でこちらに近づいてくる蘇芳は怖いくらい張り詰めた表情だ。胸倉でも摑《つか》まれそうな勢いにたじろいで後ずさったが、蘇芳は光春の傍らを通り過ぎると、力任せに店のシャッターを閉めてしまった。

「す、蘇芳さん？　あの、すみません、もう閉店でしたか？」

蘇芳は鋭く身を翻すと、今度こそ光春の方へやってくる。両腕が伸びてきて、とっさに身を竦《すく》めたら有無を言わさず抱きしめられた。

蘇芳の腕の中で、光春は目を見開く。蘇芳は何も言わない。ただ光春を抱く腕に力がこもるばかりだ。

「す、蘇芳さん、あの、もしかして、また僕によくない霊でも……？」

霊を自分の方に引き寄せるために体を密着させているのかと尋ねたが、「違います」と即答された。

次に蘇芳の口から転がり出たのは、どこかすねたような声だ。

「どうしてあれ以来店に来てくれなかったんです。あんなに俺に熱烈な視線を送ってくれていたのに」

「ね、ね、熱……？」

背中に腕を回されたまま顔を覗き込まれ、まともに声を出すこともできない。顔に吐息がかかりそうだ。目の前に迫る秀麗な顔に意識を奪われ、気がついたときには唇まで奪われていた。

「……っ、んん!?」

唇を柔く噛《か》まれて肩が跳ねる。予想だにしていなかった展開に理解が追いつかない。唇を引き結んで硬直していると、蘇芳がゆっくりと唇を離した。

光春の前髪を横に払い、蘇芳は甘く目を細めた。

「真っ赤ですね。可愛い」

「か……、か……？」

「可愛い」

わざわざもう一度言い直し、蘇芳は菓子でもつまむような気楽さで光春の唇にキスをする。光春は飛び上がって蘇芳の胸を押し、互いの距離をとろうとするが叶《かな》わない。ニコニコと優しげに笑っているくせに、腰に回された腕にはがっちりと力がこもって逃げられそうもなかった。

動転して声も出せない光春の頬に唇を寄せ、蘇芳はひそひそと囁《ささや》く。

「花を選ぶ合間に熱っぽい視線を送ってくれていたので、てっきり遠野さんも俺に気があるのかと思っていたのですが、俺のうぬぼれでしたか？」

突然本心を言い当てられ、混乱の極みに立たされた。目を回しそうになりながらも必死で言葉をひねり出す。

「ま、ま、待ってください、蘇芳さんは僕が、蘇芳さんのこと……そ、そういう目で見ていたことに、気づいて……？」

「気づいてましたね。わかりやすい反応ばかりしてくれたので」

あっさりと肯定されて血の気が引いた。

同性に好意を寄せられるなんて、蘇芳からしたらたまったものではないだろう。深く俯《うつむ》いて「すみません……」と謝罪をすると、指で顎をすくい上げられ、正面から視線を合わされた。

「謝られる理由に心当たりがありませんが」

「でも、ど、同性に……」

「慣れてます。還俗《げんぞく》してすぐの頃は二丁目に入り浸ってましたから」

光春は蘇芳と視線を合わせたまま瞬きを繰り返す。二丁目というと、新宿《しんじゅく》二丁目のことだろうか。自身の性的指向を自覚して以来、光春も一度足を踏み入れてみたいと思っていた、あの二丁目か。

「ど、どうして蘇芳さんが、そんな……」

「俺もゲイだからです」

さらりと口にされた言葉を、理解するまでに時間がかかった。

目も口も丸くして蘇芳を見詰めていると、おかしそうに笑われてまた唇にキスをされた。慌てて片手で口を押さえたが、その手の甲にも蘇芳は唇を寄せてくる。

「そんな、えっ、ほ、本当ですか……!?」

「本当ですよ。自覚したのは中学生のときです。信じられませんか?」

光春は何度も目を瞬かせ、だって、と掠《かす》れた声で呟《つぶや》く。

「そんなに軽やかに打ち明けられると……」

「ああ……遠野さんは自分のセクシャリティに悩みそうですもんね。そう簡単に他人に打ち明けられませんか」

自分に限らずみんなそうだろうと思ったが、どうやら蘇芳は違うらしい。

「俺はあまり深刻に悩みませんでしたよ。修行中の女犯《にょぼん》は厳罰に処されますが、同性同士ならいくらでも言い逃れできるので、むしろ幸いだと思ってました」

「そんな考え方が……⁉」

「とはいえ大っぴらに欲を出すわけにもいきませんから。還俗したときは長年の禁欲生活の反動か、派手に遊び回りましたね」

驚く半面、納得もした。

出会った当初から思っていたが、蘇芳にはどこか崩れた色気がある。前職はホストではと予想していたが、二丁目の遊び人だったか。

「還俗した当初は、仕事は片手間にする程度で遊び暮らしていました。さすがに飽きて大人しく店番に精を出し始めたら、程なく貴方《あなた》が店に通ってくれるようになった」

蘇芳は光春の腰を抱き寄せ、頬や額や髪に次々と唇を落として囁く。

「あんなにも控えめで、でもひたむきな視線を向けられたのは初めてでした。これまで遊んできた相手は声をかける前に腕を引いてくるような人たちばかりだったので。毎週店に通ってくれるのに、俺に何を要求するわけでもない。肩先が触れるだけで真っ赤になるのが微笑《ほほえ》ましくて可愛くて」

蘇芳の口調は歌うようだ。美しい鳥のさえずりにも似て、ぼんやりしているととんでもないことを言われているのに聞き逃してしまいそうになる。

「遠野さんがあまりに純情そうなので、これはうかつに刺激すると逃げられてしまうかもしれないな、と思って静観していたんです。そうでなくても後ろにとんでもない霊を背負っていましたしね。店に来てくれなくなっては困るので」

それまで機嫌よく喋っていた蘇芳が急に言葉を切った。額に額をぶつけられ、瞬きの音が聞こえるほど近くから見詰められる。

「遠野さんから告白してくれるのを待っていたんですが……どうして急に店に来なくなったんですか？」

「あ……っ、う、そ、それは……っ」

喋ろうとすると息が蘇芳の唇にかかってしまって落ち着かない。目を伏せた蘇芳の顔はどこか傷ついているようで慌てたが、次の瞬間、蘇芳の唇が綺麗《きれい》な弓なりになった。

「やっぱり俺は、待っているより仕掛ける方が性に合ってるみたいです」

言葉とともにまたキスをされる。

光春はもう驚くだけの気力もない。頭の中は、なぜ、という疑問符でいっぱいだ。

蘇芳のような美丈夫がなぜ自分のことをこんなふうに口説いているのか、まるで理解できない。

もしかして、と光春は力なく蘇芳の胸を押し返した。

「ぼ、僕が、霊感体質だからですか……？　放っておけなくて、その……」

正義感や義務感が横滑りしたのでは、と勘繰ったが、蘇芳は光春の疑念を笑い飛ばす。

「そんな正義感持ち合わせてません。実家を出たとき、霊や霊に取り憑《つ》かれた人を救うことなんて綺麗さっぱりやめたんです」

光春を腕に収めたまま、蘇芳は光春の肩に額を押し当てる。

それまで流暢《りゅうちょう》に喋りつづけていた蘇芳の言葉がふいに途絶え、次の言葉が出てくるまでに少し時間がかかった。

「――実家を出るまで俺は、自分こそが僧侶になるべく生まれた人間だと思っていたんです」

くぐもった声には、わずかだが恥じるような響きがあった。

これは蘇芳の心の柔らかな部分に触れる話題だ。そう悟り、光春も黙って耳を傾ける。

「霊が見える、見えないは体質です。どれほど厳しい修行を積んだところで、見えない人間は一生見えません」

蘇芳の周りにも見える人間は滅多にいなかった。家族はもちろん、他の高僧たちでさえ。

霊も見えないのに葬儀を執り行う僧侶たちを見て、あんなのまがい物だと思った。形式ばかりではない本物の法要ができるのは、自分のような人間なのだと信じていた。

「でも実際僧侶になってみたら、霊を成仏させるどころか、逆に死者にこの世の未練を思い出させてしまう結末ばかりでした」

日に日に疲弊する蘇芳を見かねた家族が還俗を勧めてきたときはショックだった。自分こそが真に僧侶たり得るのだ、と自負していただけになおさらだ。

表向きは大人しく家族の言葉に従ったが、本心は子供のように不貞腐《ふてくさ》れ、半ばやけになって二丁目で自堕落に過ごした。

実家を出る際、父親からは『還俗しても、迷う霊がいれば導いてやってほしい』と言われたが、もはや自分は僧侶でもなんでもない。差し出された法具を受け取りはしたが、二度と使うつもりもなかった。

「初めて遠野さんと会った日も、店の前をうろついていた浮遊霊を無視して帰ろうとしていたところだったんです」

裏口から店を出たとき、通りをふらつくそれに気づいた。

帰る道を見失ったように行ったり来たりしている霊に手を差し伸べるのは簡単だ。だが、そうしてやる義理も理由も今の自分にはない。無感動に浮遊霊を眺めていたら、ふらりと光春が通りかかった。

当時のことを思い出したのか、「驚きました」と蘇芳が苦笑する。光春の体調の悪そうな横顔より何より、その背にしがみつく真っ黒な顔の霊に驚愕《きょうがく》したらしい。

風船のように辺りを漂っている浮遊霊とは明らかに異なる。店の前を漂っていた浮遊霊ですら、光春に取り憑いている霊に恐れをなして路地裏に逃げ込んでしまった。

光春はふらふらと浮遊霊が逃げ込んだ路地裏に向かっていく。何をする気かと眺めていると、建物と建物の隙間、人も入れないそこに首を突っ込んで動かなくなった。

「てっきり霊の姿が見えているんだと思いました。だからあのとき、『何を見ました』と声をかけてみたんです」

「……ありましたね、そんなこと」

「その後の会話は覚えてますか?」

光春は首を横に振る。血のように赤い夕日を浴びて微笑む蘇芳の姿は鮮烈に覚えているが、その後の会話は熱で朦朧《もうろう》としていたせいでよく思い出せない。

『何をしているんです』と再三蘇芳に声をかけられた光春は、ぼんやりした顔でこう答えたらしい。

『ここに、何かいた気がして……』

光春の口ぶりから、はっきり霊が見えているわけではないらしいと察した蘇芳は『犬か猫では?』と適当な返事をしたそうだ。しかし光春は建物の隙間にできた闇に視線を戻し、緩慢に首を横に振った。

『いえ、子供じゃないかと……』

『いませんよ、こんなところに子供なんて』

『……でも、淋《さみ》しい気配がしたので』

熱のせいか、光春の声はぼんやりしていた。それでいて、闇に向けられた目はずっと何かを探している。立っているのも辛そうにしているくせに、その場から動こうとしない。

基本的に、霊は淋しい。誰からも顧みられず、声をかけられることもない。帰るべき場所を見失い、現世に留《とど》まり続ける霊はみんな淋しさを抱えていて、だからこそ、見える人間に縋《すが》りついてくる。

――この人は、その淋しい気配を敏感に感じ取っているのだと思った。それだけに留まらず、暗闇に目を凝らし、そっと寄り添おうとしている。自分のように死者の魂を導くべく修行をしたわけでもなく、それを生業にした家系に生まれたわけでもないのに。

「あのとき、なんだか放っておけないな、と思ったんです。タクシー代を支払ったのも、無理やりでも接点を持ちたかったからですよ。こんな人ならタクシー代を返しに来てくれるんじゃないかと期待して。本当に店に来てくれたときは嬉しかったですね」

光春の肩に顔を埋めていた蘇芳がようやく面を上げた。こちらを見る目には真剣さが宿っていて、光春も背筋を伸ばす。

「アサミさんの一件では驚かされました。自分に憑いていた霊に優しい言葉をかけて、花を手向けて、たったそれだけであれほど執着にまみれていた霊を成仏させてしまうなんて」

死者の魂を鎮めることができるのは、修行を積んだ僧侶だけだと思い込んでいた。けれどそれは、傲慢な考えだったのかもしれない。

霊を鎮めていたのは僧侶ではなく、死者を悼む参列者と、その想いを形にするように供えられた花だったのではないか。光春を見て、そんなことを生まれて初めて考えた。

「貴方の姿を見ていたら、不貞腐れていた自分が恥ずかしくなりました。俺はもう聖職者でもなんでもありませんが、これからは現世で迷う霊がいるなら導く手助けをしようと思います。貴方のように」

「僕はそんな……大それたことは何も……」

「そういう謙虚なところも好きですよ」

すかさず口説き文句が飛んできて声を詰まらせる。いい加減至近距離から見詰め合うのも恥ずかしくなって目を伏せると、瞼《まぶた》に唇が降ってきた。

「実家を出てから長いこと燻《くすぶ》っていましたが、ようやく前向きに物事を考えられるようになれました。そのきっかけをくれた遠野さんには感謝してるんです。惹《ひ》かれてもいます。遠野さんからも憎からず思われていると思っていましたが、違いましたか?」

違わない。その通りだ。そんなこと、百戦錬磨の蘇芳には最初から全部お見通しだったろうに、蘇芳はひたむきに光春の返事を待っている。

「アサミさんを見送った後、言ったじゃないですか。貴方の言葉を待っている人もいるかもしれないって」

耳元で囁かれ、光春は無言で何度も頷《うなず》く。そうだ、だから今日、思い切って職場の人間に本音で接したのだ。そのことを報告に来たのだったと遅ればせながら思い出したところで、鼻先に蘇芳の高い鼻がぶつけられた。

「遠野さんから告白してくれるの、待ってたんですけどね。言い出しやすいようにかなり露骨にアピールもしていたつもりなんですが」

当てが外れた、と言いたげな蘇芳の顔を見上げ、ああ、と溜息のような声を漏らしてしまった。あの言葉にはそういう意味も含まれていたのか。恋愛経験がゼロに近い自分は鈍いばかりで、蘇芳の言葉に翻弄されて、その裏の意味を読むこともできない。

パクパクと口を動かす光春を、蘇芳がじっと見ている。答えを待たれているのだ。言葉にしてほしいと目で訴えられ、光春は両手を握りしめた。

蘇芳に背中を押され、ようやく勇気を出して一歩踏み出したばかりだ。自分の気持ちを伝えるのはまだ慣れない。他人の飼い猫を褒めるだけでも決死の覚悟を要するのに、隠していた恋心を口にするなんて命がいくつあっても足りないと、大げさではなく本気で思う。

でも、蘇芳が待っている。

「ぼ……僕は」

蘇芳はゆっくりと瞬きをして、急《せ》かすこともせず光春を見詰める。その視線があまりにも甘いのでまともに見詰め返せず、高い所から飛び降りる気分できつく目をつぶった。

「僕も、好きです……！」

この人なら受け止めてくれると信じてこぼした言葉は、溢《あふ》れた瞬間深いキスに呑《の》み込まれた。

「ん……っ、ぅ……」

無防備に緩んでいた唇の隙間から蘇芳の舌が忍び込んでくる。驚いて逃げることも忘れた。それをいいことに、キスはますます深くなる。

熱い舌で口の中を掻《か》き回され、舌先で上顎を辿《たど》られ、蕩《とろ》けた舌を吸い上げられた。少しでも反応を返すと、執拗《しつよう》に舌を這《は》わされる。

「……っ、は、はぁ……っ」

ようやく唇が離れたときにはすっかり息が上がっていた。

顔中赤くする光春を見下ろし、蘇芳は蕩けるような顔で微笑む。

「嬉しいです。よかったら、俺の部屋に来ませんか？　ゆっくり話もしたいので」

親指でするりと頬を撫《な》でられ、顔中赤くして頷き返すことしかできなかった。

こんなにもさりげなく自宅へ誘える男相手に、恋愛初心者の光春が抗《あらが》えるわけもない。

花屋から一度駅前まで戻り、そこからさらに十分ほど歩いて到着したのは、光春が住む賃貸アパートとは違う、なんとも高級そうなマンションだった。

入り口はオートロックで、広いエントランスは床まで美しく磨き上げられている。共有部分の廊下も白と黒を基調にしておりモダンな印象だ。

通された1LDKの部屋は家具が黒で統一され、モデルルーム並みのおしゃれさに怯《ひる》んで回れ右してしまいそうになった。

広々としたリビングには大きなテレビと、優に四人は座れる革張りのソファーが置かれていた。

あれよあれよと言う間に部屋に上げられた光春は、大きなソファーの端にちょこんと腰を下ろしてコーヒーを飲んでいる。隣には、同じくコーヒーカップを手にする蘇芳の姿があった。

（ち……近い）

蘇芳の淹《い》れてくれたコーヒーを受け取り、勧められるままソファーに腰かけてから、光春はまっすぐ前しか見ていない。こんなに広いソファーなのに、蘇芳がなんの躊躇《ちゅうちょ》もなく肩がぶつかるほど近くに腰を下ろしてきたからだ。

とんでもなく緊張してコーヒーの味すらわからない。すぐにカップも空になり、ぎこちない仕草でカップをテーブルに戻したら、待っていたように肩を抱かれた。

大げさなくらい肩を跳ね上げた光春を見て、蘇芳が困ったような顔で笑う。

「そんなに意識されると、こちらまで緊張してしまうんですが」

「す、すみません……っ」

「急に部屋に呼んで、怖がらせてしまいましたか？」

「いえ、怖いことは、何も……」

「だったら期待してくれました？」

何を？　と尋ねる間も与えられずにまたキスをされてしまった。

光春は目を白黒させるばかりだ。先程ようやく告白したばかりなのにあっという間にキスをされ、自宅に招かれて、恋愛とはかくも性急なものなのか。あるいは蘇芳が電光石火の早業で事を進めているだけなのかもしれないが、恋愛経験がないだけに判断がつかない。

わかるのは蘇芳のキスが巧みで、その体を押し返せないほど気持ちがいいということだけだ。

「ん……、ん」

舌先を甘く嚙まれて声が出る。絶妙な力加減だ。痛みはないのに痺《しび》れが残る。

されるがままキスを受け入れる光春の唇をちろりと舐《な》め、蘇芳が目を細める。

「キスが好きですか？」

「……っ、す、好き、というか」

「嫌じゃない？」

戸惑ったものの嘘はつけずに頷くと、また唇をふさがれた。キスの合間に腰を抱き寄せられ、指先で背骨を辿られる。

「ん……」

気持ちがよくて喉が鳴った。うっとりしていたら、蘇芳の手が脇腹を辿り、腿《もも》に下りて、スラックスの前立て部分に触れる。

「……っ！」

さすがに驚いて顔を背けようとしたが、唇を嚙んで引き留められた。スラックスの上から数度撫で上げられただけでそこは固く膨らんでしまって、かぁっと頬が赤くなった。

「……っ、す、蘇芳さん……！」

なんとかキスをほどいたが、しっかりと腰を抱き寄せられては逃げられない。あっという間にソファーの端に押し倒される。

ソファーのひじ掛けに背中を押しつけるような恰好《かっこう》になった光春の頬に、蘇芳は柔らかく唇を押し当てた。

「もしかして、同性とこういうことをするのは初めてですか？」

頬に吐息がかかってくすぐったい。その間も蘇芳の指は不埒《ふらち》に動いて、光春の下半身は見る間にのっぴきならない状況になってしまう。

「ど、同性も異性も関係なく……僕は、こういうことをするのは初めてで……」

恥を忍んで本当のことを言うと、蘇芳の手がぴたりと止まった。光春の顔をまじまじと覗き込み、感じ入ったように深い息を吐く。

「こんなに美しい花を手折る人がいなかったとは驚きですが」

「ご、ご、ご冗談を……」

「初めてがソファーの上では嫌ですよね。すみません、がっついてしまって」

蘇芳が照れたように笑って身を起こす。初めて見る表情に目を奪われて、差し出された手をなんのためらいもなく掴んでしまった。そのまま手を引かれ、隣のベッドルームに連れ込まれるとも知らないで。

「えっ、あ⁉　そ、そういう意味では！」

　遅ればせながら蘇芳の意図を理解したが、ベッドに押し倒されてからではもう遅い。反論はまたしてもキスでふさがれ、舌の絡まる濡《ぬ》れた音と弾んだ息遣いが寝室に響く。

　厄介なことに、蘇芳のキスは羞恥や不安を根こそぎ払ってしまうほど気持ちがいい。キスの合間に優しく髪など撫でられてしまうと、蘇芳に任せておけば万事どうにかしてくれるのではないか、という安心感まで湧いてきてしまうので本当にいけない。

　キスをしながらも蘇芳は手早く光春のジャケットを脱がせ、ネクタイも解《ほど》いてしまう。恐ろしく手際がいい。一体どれほどの場数を踏んできたのかと感心するほどだ。

「あ、の……っ、あっ」

　ようやくキスから解放されたと思ったら、ワイシャツのボタンを緩められ、首筋に顔を埋められた。首に甘噛みするようなキスをされて体が跳ねる。

「あ、あ……っ、ぁ……」

　シャツの上から胸の尖《とが》りを引っ掻かれて腰が浮いた。くすぐったいのに、執拗に同じ場所を刺激されると腰の奥が痺れるような、妙な気分になって戸惑う。

　蘇芳の指と唇に翻弄されている間にベルトのバックルを外された。下着の中に手が入ってきて、さすがに正気に戻って足をばたつかせた。

「す、蘇芳さん、駄目です、そんな……っ」

「でも、ちゃんと反応してますよ」

耳元でひそひそと囁かれ、かぁっと顔が赤くなった。蘇芳の手の中に包み込まれたそれはとっくに固くなって、先端から先走りを漏らしている。

キスして体を撫でられただけでこんな状態になっている自分が恥ずかしいやら情けないやらで涙目になった。それに気づいたのか、蘇芳が光春の目元に唇を寄せてくる。

「すみません、さすがに急ぎ過ぎましたね」

目尻に滲《にじ》んだ涙を吸い上げられるとますます居た堪れない。ここまで来て泣き出すなんて。数時間前までこんな展開になるなんて予想していなかったとはいえ、抵抗もせず寝室まで来てしまったのは自分だ。何度も手を開いたり握ったりしてから覚悟を決め、思い切って蘇芳の背中に腕を回した。

「け、決して、嫌なわけでは……」

勇気を出して蘇芳の背中を抱き寄せると、耳元で小さな笑い声がした。

「無理してませんか？」

無言で首を横に振ると、本当に？　と囁かれながら屹立《きつりつ》に指を這わされた。

腰の奥から甘い痺れが上がってきて、とっさに蘇芳の背にしがみつく。

蘇芳は宥めるように光春の髪にキスをして、ひっそりと囁いた。

「自分でも、性急なことをしている自覚はあるんです。でもアサミさんの件があった後、貴方が突然姿を見せなくなってしまったので」

先走りが蘇芳の手を濡らし、ぬるついた掌《てのひら》で幹を扱《しご》かれてのけ反った。自分でするときとは違う動きと緩急のつけ方に、あっという間に追い上げられる。

「あ、あっ、す、蘇芳さ……っ、ま……っ」

「待っていたら、また貴方が消えてしまいそうな気がするんです」

光春の胸に自身の胸を押しつけるようにして、蘇芳は手の動きを速くする。

「電話をしてもよかったんですが、しつこくして着信を拒否されてしまったら今度こそ接点が切れてしまいそうで、怖くて」

光春の喉元に唇を押しつける蘇芳の声はどこか頼りない。少し距離を置いていた間にまさかそんな思いをさせていたとは。謝罪したいが、込み上げる快感をやり過ごすので精いっぱいだ。大きな体にのしかかられ、身動きが取れないまま追い上げられる。

「あっ、あ、あぁ……っ！」

ぬめる掌で根元から先端まで大きくこすり上げられ、呆気《あっけ》なく蘇芳の手に吐精した。

初めて他人の手で導かれた絶頂感は深く、頭の芯まで白くなるようで動けずにいたら、残りの服もすべて蘇芳に取り払われた。

全裸になった光春の体をまたいでベッドに膝をついた蘇芳が、ようやく自身の服を脱ぐ。

黒いカットソーを一息で脱ぐ蘇芳の姿を見ていた光春は、薄暗い寝室にぶわりと広がった甘い香りに目を見開いた。

（これ……蘇芳さんの匂いだ……）

たまに蘇芳から香る花の匂い。濡れた土に咲くバラのようなそれが、急に濃くなって息を呑んだ。

蘇芳はカットソーを脱ぎ落とすと、目を見開く光春を見て「どうしました」と微笑んだ。

「香水の匂いが……急に、濃くなって」

「ああ。腰に香水をつけてるんですよ」

そんなところにつけるのかと驚いていたら、唇に蘇芳のキスが降ってきた。

「服を脱ぐとよく香るでしょう？」

服を脱いだ瞬間甘く香るなんて、なんて色っぽい香水のつけ方だろう。誰かとベッドに入る場面を想定したことすらなかった光春にはない発想だ。

場違いに感心する光春の前で蘇芳は残りの服も脱ぎ捨て、ごく自然にベッドサイドからローションとゴムを取り出した。

膝を開かされたと思ったら、脚の間に蘇芳の体が押し入ってくる。ローションを垂らした手で達したばかりの性器をとられて腰が跳ねた。

「蘇芳さん、僕、い、いったばかりで……」

恥を忍んで申告したが、蘇芳はわかっているとばかり微笑んで指先をさらに奥へと滑らせる。

「あ……っ、あ、あの……っ」

窄《すぼ》まりを指で辿られ、うろたえていたら唇に柔らかなキスが降ってきた。

唇が触れ合う距離で目を細められ、こんなときなのに見惚《みと》れてしまった。辺りに漂う甘い香りも相まって、咲きこぼれる大輪の花を見ているようだ。ここまでくるともはや視覚の暴力のようにすら思えてしまう。

「あ、あ……、ぁ……っ」

「力を抜いて……そう、上手です」

たっぷりと吐息を含ませた声で囁かれ、背筋にぞくりと震えが走った。蜜のように甘い声だ。不安になって蘇芳の背中を掻き抱くと、頬や瞼にキスを返された。

狭い場所に蘇芳の指が入ってきて、息苦しさに喉を鳴らす。蘇芳はときどきローションをつぎ足しながら、光春の唇に繰り返しキスをした。

「口を開けて」

促され、短い呼吸を繰り返しながら唇を開く。すぐに熱い舌が割り込んできて、音がするくらい激しく口の中を蹂躙《じゅうりん》された。

「ん、ん……んん……っ」

蘇芳の指が押し入ってくる苦しさが、キスの甘さに溶かされてしまう。息継ぎが上手くできずに鼻を鳴らすとキスが解かれた。その間も、蘇芳が蕩けるような笑顔で「可愛い」と囁いてくるので心臓が持たない。

「あ……っ、は……、んぅ……っ」

指を増やされると同時に唇を噛まれ、小さく声が漏れた。噛まれた場所を舐められて、痛いのか気持ちいいのかよくわからない。粘膜から溶かされてしまいそうだ。

「遠野さん、ほら……勃《た》ってますよ」

後ろに指を含まされたまま屹立を握り込まれ、背筋が粟立《あわだ》った。同時に両方刺激されて爪先が丸まる。

「あっ、あ……っ、も、や、やだ……っ！」

光春は涙混じりの声で、もう無理だと蘇芳に訴えた。恥ずかしいのも痛いのも気持ちいいのも全部溶けて混ざって、すでに容量を超えてしまっている。

ぐすぐすと鼻を鳴らしていると、鼻先に軽く噛みつかれた。至近距離から見詰められ、蜜のように甘い視線を注がれる。

「そんなふうに泣かれると、逆効果かもしれません」

「え……っ」

「肉食獣が獲物に飛びかかるとき、なんて思っているか知ってますか」

不穏な言葉に顔を引きつらせる。ぐっと奥をつかれてのけ反ると、喉元に唇を押し当てられた。

「『可愛い、なんて可愛いんだ』って思いながら獲物をしとめているそうですよ」

喉に柔く嚙みつかれ、蘇芳の指を締めつけてしまった。瞬間、腰の奥に甘い疼《うず》きが走って目を見開く。

「あ……っ、あ、ぁ……っ」

目の端に溜《た》まった涙が一粒落ちて、抜け目なくそれに気づいた蘇芳が涙の軌跡を舌で拭ってくる。怖いのに気持ちがいい。混乱は甘いキスで宥められ、声にねだるような響きが混ざってしまう。

光春の声が変化してきたことに気づいたのか、蘇芳は一度指を抜くと、ベッドに放り出していたゴムを取って自身につけた。

膝の裏に腕を通され、窄まりに蘇芳自身を押しつけられる。硬くて熱い。いつの間に蘇芳もこんな状態になっていたのだろう。涙目を向ければ、蘇芳が額に汗を滲ませてこちらを見ていた。

正面から見たその顔に余裕はない。光春の脚を抱えたまま、ぐっと奥歯を嚙んでいる。

「……すみません、気ばかり急いて」

少し掠れた低い声はすっかり欲情しきっていて、全身が震えた。こんな声を聞かされてしまったら逃げることもできず、目をつぶって闇雲に腕を伸ばす。汗ばんだ蘇芳の体を抱き寄せた

のが了承の代わりだ。

耳元で蘇芳が深く息を吐く。腰を進められ、押し開かれる衝撃に喉を反らした。

「あ……あっ、ぁ……っ」

痛い。苦しい。でも首筋に蘇芳の興奮しきった息遣いを感じると陶然として、苦痛が遠くに追いやられてしまう。

想いを寄せていた相手に求められる充足感に息もできない。ぐっと奥まで突き上げられ、たまらず蘇芳の背中に爪を立てた。

深く光春を貫いたまま、蘇芳は抱えていた脚を投げ出して光春を抱きしめる。愛《いと》しさを隠し切れなくなったように顔中にキスをされ、胸の奥にじんとした痺れが走った。

「あっ、ぁ……っ、ん……っ」

ゆるゆると腰を揺すられて唇を噛む。たっぷりとローションを使ったおかげか、一度奥まで呑み込んでしまえば思ったよりも痛みはない。それよりも、蘇芳に痛いくらい強く抱きしめられているのが気持ちいい。

噛み締めた唇にキスをされ、開けて、とねだるように舌を這わされて唇をほどく。深く舌が絡まると、体の奥から溶けて崩れるほどに気持ちがいい。

「キスが好き……?」

光春を揺さぶりながら、キスの合間に蘇芳が囁く。今度は迷わず、好き、と返せた。蘇芳の目元が甘くほどけて、キスはますます深くなる。

「ん、ん……っ、んん——……っ」

濡れた粘膜が絡まって滴る。どこもかしこも柔らかくほどけ、熱で蕩けてしまいそうだ。揺さぶられ、視界もぶれて、体のどこで快感を拾っているのかわからない。

息継ぎの合間に短く囁かれる言葉は甘く、身の内にひたひたとしみ込むようで、光春は必死で蘇芳にしがみついた。しっかりと抱き返され、深く貫かれてあられもない声が上がる。

「あ、ひっ、あ、あぁ……っ！」

切れ切れの声を上げて蘇芳の背に爪を立てると、のしかかってくる体が小さく震えた。その頃にはもう光春の意識は曖昧で、最後に蘇芳が達したのかどうかすら定かでない。

闇に広がる花の香りは濃く、甘く、その匂いに酩酊《めいてい》するように、光春はゆるゆると意識を手放した。


瞼の裏に、ちらちらと光が当たる。

眩《まぶ》しくて瞼を震わせたら、そっと前髪を撫でられた。優しい指先の感触を追うように意識が浮上して、瞼を開けると目の前に蘇芳の顔があった。

カーテンの隙間から差す朝の光の中、枕に肘をついてこちらを見下ろしていた蘇芳が光春の前髪をかき上げる。

「おはようございます。体は大丈夫ですか？」

起き掛けに見る蘇芳の美貌は朝日よりも眩しくて、光春は何度も目を瞬かせた。無意識に眉を寄せていたらしい。心配そうな顔で蘇芳に頬を撫でられる。

身じろぎをすると、素肌にさらりとシーツが触れた。上掛けの下を覗き込むまでもなく互いに全裸のままだ。

だんだん意識がしっかりしてきて、光春の頬に赤みが差した。

昨晩は蘇芳にいいように揺さぶられているうちに意識を失ってしまったらしい。己の醜態を思い出して上掛けに潜り込めば、蘇芳が上掛けごと光春を抱き寄せてきた。

「すみません、昨日は性急過ぎました。どこか痛みますか？　気分が悪いとか？」

蘇芳は謝罪を繰り返しながら光春の背中を必死で撫でる。本気でこちらを案じる声を聞いていたら、単に恥ずかしいだけで隠れているのが申し訳なくなってきた。

照れくさい気持ちを追いやって上掛けから顔を出すと、待ち構えていた蘇芳に顔を覗き込まれた。

「我ながら強引過ぎました。本当に申し訳ないことを……」

「いえ……大丈夫、です……」

目を伏せてぼそぼそと喋っていると、蘇芳にそっと前髪をかき上げられた。

「……我慢せず、本当のことを言ってくださいね？」

蘇芳の声に不安げな色が混じっていることに気づいて、光春は小さく息を呑む。また嘘をついているように聞こえたのか。いや違う、自分の煮え切らない態度が蘇芳を不安にさせているのだ。

「あ、あの……！」

思い切って声を出したら予想外に大声になってしまった。驚いたような顔をする蘇芳に、その勢いのまま言い放つ。

「僕、ひ、一目惚《ぼ》れだったんです……！　だから、その……っ」

無理やりではなく、望んだ上での行為だったと伝えたかった。でも続く言葉が出てこない。信じてもらえないかもしれないから、ではなくて、今回ばかりは、恥ずかしくて。

蘇芳は目を丸くして光春を見ていたが、次の瞬間、雪崩を起こしたように秀麗な顔を笑みで崩した。

「知ってます」

嬉しそうな、くすぐったそうな顔でそう言った蘇芳を見て、一拍置いてから目を見開いた。

声を失う光春を見て、蘇芳はおかしそうに笑う。

「初対面のときからもう、無視できないくらい熱烈な視線でしたから。でも、こうして言葉にしてもらえるとは思っていなかったので嬉しいです」

本当に、最初から何もかも筒抜けだったらしい。羞恥で蘇芳の顔を見られず両手で顔を覆ったら、そのまま蘇芳に抱き込まれた。

「それにしても、一目惚れなんて運命的ですね」

笑いを含ませた言葉に、光春は背筋を強張らせた。心臓の辺りに嫌な圧がかかって、両手で顔を覆ったままくぐもった声で尋ねる。

「……嘘っぽく、聞こえましたか？」

「何がです？」

「一目惚れなんて、運命的なものを演出しているように聞こえたんじゃないかと……」

言い終える前に蘇芳の胸が大きく震えた。柔らかな笑い声に耳朶《じだ》をくすぐられ、顔を覆う手にキスをされる。

「遠野さんの言葉が嘘っぽく聞こえたことなんてありません。むしろ最初から、この人は嘘のつけない人なんだなぁと思ってました」

指の隙間からそっと窺《うかが》うと、愛し気に目を細める蘇芳と視線が合った。

優しい眼差《まなざ》しに、胸の奥で凝《しこ》っていた氷のようなものがゆっくりと溶かされる。柔らかな笑顔に目を奪われ、気がついたら気負いもなく本心を口にしていた。

「……好きです」

思わぬ反撃に驚いたのか、蘇芳が軽く息を呑んだ。

光春を口説くときには一度も言葉を詰まらせることなどなかったのに。相手から想いを告げられることには慣れていないのか、なんとも面映《おもは》ゆそうな顔だ。

「それも、知ってます。……でも、言葉にしてもらえるとやっぱり嬉しいですね」

俺も好きです、と囁かれ、前より強く抱きしめられた。照れた顔を隠すようなその仕草に光春もようやく小さな笑い声を漏らし、蘇芳の腕の中で大きく息を吸い込む。

朝日の差し込む寝室には、淡く花の残り香が漂っていた。

花と言葉を束にして

夏休み真っただ中の八月。十九時近くなってもまだ空は明るさを残し、駅前の商店街にいつもより多く子供の姿を見かける気がする。

仕事を終えて自宅の最寄り駅まで戻ってきた光春《みつはる》は、改札を抜けながら腕時計を確認する。時刻は十九時五分前。まだぎりぎり蘇芳《すおう》の店が開いている時間だ。

レンガ調のタイルが敷き詰められた駅前の商店街を進めば、道の終わりに小さな花屋が現れる。はやる気持ちを抑えきれず足を速めたそのとき、首筋の産毛がぶわりと立ち上がった。

――何かに見られている。

そんな感覚に襲われると同時に、首筋から背筋にかけて舐《な》めるような視線を這《は》わされた気がして息を呑《の》んだ。

実際触れられなくても、指先を近づけられると皮膚がぞわぞわするあの感じに似ている。

こういうときは何も気がつかなかったふりをするに限る。そう自分に言い聞かせて歩調を戻そうとした矢先、首筋に細い舌を這わされた。

ぎょっとして首を押さえ、勢いよく背後を振り返った。続けざま、足の間を何かがざぁっとすり抜けていく気配がして飛び上がる。

危うく悲鳴を上げかけたが、少し離れたところから小学生らしき男子二人が不審げにこちらを見ていることに気づいてぎりぎり堪《こら》えた。周囲に視線を配るが、閉店間際の商店街は人もまばらで異変はない。足元を駆け抜けていったものも不明だ。

掌《てのひら》で押さえた首は、汗でびっしょりと濡《ぬ》れていた。汗が肌を伝い落ちる感触に驚いてしまったたけか。じろじろとこちらを見ている小学生たちに何食わぬ顔で背中を向ける。

幼い頃から、光春は妙な気配を感じやすかった。

変質者にでもつけ回されているのかと思っていたが、自分以外の人間はそれらしい人影を見つけることができない。おかげで虚言癖を疑われ、周りに不安を訴えることもできなかった。

だがそれも昔の話だ。

(早く蘇芳さんのところに行こう)

首筋を伝う汗を指先で拭って花屋へ向かう。

こういうとき、頼れる人がいることが本当にありがたかった。


自分は霊的なものに憑《つ》かれやすい体質らしい。

初めて他人からそう指摘されたときは面食らったが、自分をつけ回していた相手が変質者ではなく霊的なものであったのなら、周りの人間にはその姿が見えなかったのも納得だ。

光春にそれを教えてくれた相手こそ、今向かっている花屋の店主、蘇芳だ。

赤い日《ひ》除《よ》けに山田《やまだ》生花店と書かれた店からはまだ明かりが漏れていた。店内に客はおらず、レジカウンターの奥に蘇芳が一人いるばかりだ。

黒いシャツに黒いデニム、黒いエプロンをつけた蘇芳は全身真っ黒なのに、遠目でもハッと目を惹《ひ》くほどに華がある。緩くうねった前髪が目元を隠してもなお、彫刻のような端整な鼻と唇の美しさに目を奪われた。

レジカウンターの奥で作業をする蘇芳の真剣な表情に見惚《みと》れていたら、ふと蘇芳が顔を上げた。目が合うなり、作り物めいて整った蘇芳の顔に満面の笑みが浮かぶ。

店の奥から笑顔で手招きをされ、とっさに腕時計に目を向けた。十九時ジャスト。閉店の時間だがいいのだろうか。迷っていると、蘇芳自ら店の入り口まで出てきてくれた。

店の引き戸が開いた途端、中からふわっと甘い香りが漂ってきた。店先に並ぶ色とりどりの花の香りと、蘇芳がまとう香水の匂いだ。

「こんばんは、遠野《とおの》さん。よかったらちょっと寄っていきませんか？」

甘い香りと笑顔によろめきかけたが、すんでのところで居住まいを正して頷《うなず》いた。

光春を店内に招き入れた蘇芳は、そのまま店のシャッターを半分ほど閉めてしまう。

「嬉《うれ》しいな、閉店を過ぎると遠野さんなかなか店に立ち寄ってくれないから。閉店時間後でもこうやって半分シャッターが開いていたら声をかけてくれていいんですよ？」

「いえ、さすがにそれは、用もないのに……」

迷惑では、と続けようとしたら、シャッターに手をかけていた蘇芳が素早く振り返った。

「恋人に会いに来るのは、用の内に入りませんかね？」

甘い笑みを浮かべた顔が目の前まで近づいてきて息を呑んだ。いくらシャッターを半分下ろしているとはいえ、足元を見れば自分たちが不自然なくらい接近しているのが通行人にバレてしまうのではないだろうか。

硬直する光春の顔を覗《のぞ》き込み、蘇芳はするりと目を細める。

「用がなくても構いませんから、気が向いたら遠慮なく声をかけてください」

蘇芳は顔立ちが整っている上に、表情の作り方に艶がある。目を逸《そ》らすこともできず無言で頷くと、蘇芳の視線が光春の耳元に移動した。

「特に今日のような日は、来てくれないと困ります」

「今日のような……？」

首を傾《かし》げたら、耳元にふっと蘇芳の息が吹きかけられた。

耳の上の髪がぱっと宙を舞う。驚いて喉を鳴らした光春を見て、蘇芳は声を立てて笑った。

「急にすみません。憑いてましたよ」

何が、と問うより先に、肩の辺りが軽くなっていることに気がついた。

憑いている、という言葉を正しく頭の中で変換した光春は、店に向かう途中で首筋に嫌な視線を感じたことを思い出した。あのとき何か憑いたのだろうか。

特別な道具もなければ作法もなく、吐息一つで常人の目には見えぬものを祓《はら》ってしまえる蘇芳は、この町にある大きな寺の次男坊だ。持って生まれた高い素質と、僧になるべく長年続けた修行の結果、強い霊感を持つに至った。

だが、強大な霊力は死者の魂にまばゆすぎるのか、その力ゆえ霊に縋《すが》りつかれ、寺で行われる法要で数々のトラブルを起こして実家を出ることになったそうだ。除霊ができる花屋の店主という異色の存在が誕生したのにはそんな理由があるらしい。

「遠野さんは憑かれやすいんですから、毎日だってうちに来てくれていいんですよ？」

冗談とも本気ともつかない口調で言いながらようやく蘇芳が身を離してくれて、光春は密《ひそ》かに息を吐く。

蘇芳と恋人同士になってから十日ほど過ぎたが、光春は未《いま》だにその事実を当然のこととして受け止められない。こんな綺麗《きれい》な人が、と思うとうろたえる。今もきっと、嬉しいやら驚くやら恥ずかしいやらで顔面がめちゃくちゃになっているはずだ。

「あの、さっき何か、お仕事をされていたのでは？」

蘇芳のことを意識しすぎないようにレジカウンターの奥へ視線を移せば、蘇芳も思い出したようにそちらに目を向けた。

「フラワーアレンジメントを作っていたんです」

「こんな時間に注文が入ったんですか？」

「いえ、自主練ですね。明日は店も休みだし、余った花で少しだけ」

カウンターには小さな花かごが置かれている。どんな花を生けたのだろうと興味をそそられ身を乗り出したら、横から蘇芳に腕を取られた。

「そうだ、遠野さんのお母さんはフラワーコーディネーターでしたよね？　ちょっと見てもらえませんか」

「えっ、でも、僕自身は母から何を教わったわけでもないので……」

「それでも間近でプロの仕事を見てきたんでしょう？　ぜひアドバイスをお願いします」

強引に光春の腕を引き、蘇芳はレジカウンターの上の花かごを差し出してくる。

かごに生けられていたのはバラとトルコキキョウだ。花の色は白一色。柔らかな花びらを重ねる花の周りを、数種類のグリーンが鮮やかに彩っている。

細長い緑の葉に白い縞斑《しまふ》が入っているのはミスカンサスだろうか。葉をカールさせてアクセントをつけている。他にも葉の形が異なるグリーンを数種類入れることで、全体に軽やかな動きが出ていた。

自分のような素人に感想を聞くまでもない出来栄えだが、蘇芳は真剣な顔で光春の言葉を待っている。

何かを褒めたり、感想を言ったりするのが光春は苦手だ。子供の頃、不審な人影を見たと周りに訴えても信じてもらえず、虚言癖扱いなどされたせいで、自分の言葉は嘘《うそ》っぽく聞こえてしまうのだという不安が長年胸にはびこっていた。

少しだけ躊躇《ちゅうちょ》したが、光春は迷いを振り切って胸の内を口にした。

「全体のバランスがとれていていいと思います。白で統一しているのも素敵ですね」

たちまち蘇芳の表情が笑みで崩れた。光春の言葉を疑うそぶりも見せず、照れくさそうに目を伏せる。

「よかった。本当はいろいろな色の花材を使おうとしたんですが、上手《うま》くまとまらなくて」

「ワントーンにするのもおしゃれですよ。グリーンの使い方もこなれてます」

嬉しそうな蘇芳の顔に背中を押され、自然と言葉が口をついて出た。

かつて虚言癖と囁《ささや》かれた自分の言葉を、蘇芳は正面から受け止めて嬉しそうに笑ってくれる。自分の言葉はきちんと相手に届くのだ、と思えるようになったのは蘇芳のおかげだ。

「でもわざわざ練習しなくても、蘇芳さんはこれまでもブーケとか作れてましたよね？」

「そうなんですが、きちんと勉強をしたこともなく見よう見真似《みまね》で……。ブーケなんかもかなり適当に作っていたんですよ。リボンだって蝶《ちょう》結びくらいしかできなくて」

言われてみれば、蘇芳のラッピングはいつもシンプルだ。けれど包装自体は丁寧だったし、普段使い用に簡易にしてくれているのだとしか思っていなかった。

「幸い、これまでは贈答用の花を買われていくお客さんもほとんどいなかったのでクレームの類はなかったんですが」

光春は店内で見かけた客たちの姿を思い浮かべ、なるほど、と頷いた。

多くは商店街帰りのご近所さんや制服姿の女子高生で、大抵ポーッとした顔で蘇芳を見ていた。花というより、蘇芳の顔を見にくるのが目的という客も少なくないのだろう。そういう客にとっては、ラッピングどころか花すら二の次だったのかもしれない。

蘇芳は花かごにつけた細いリボンを指先に絡ませる。

「この、カーリングリボンっていうんですか？　ハサミの背を当てて引っ張るとくるっと丸まるやつも、練習して最近できるようになったんですよ」

「練習したんですか？」

「こういう華やかなものとは無縁な生活を送っていたもので。あっちのループリボンは、まだまだ練習が必要ですね」

蘇芳は苦笑しながらレジカウンターの隅に置かれたリボンを指さす。

ループリボンはその名の通り、リボンでループを作って組み合わせる飾りだ。ループの数を増やせば増やすほど大きく広がり、華やかになる。

蘇芳が作っていたのは一番シンプルな、三つのループで作られた蝶結びのような形だ。けれどループの大きさはまちまちで、中心を固定するワイヤーも歪《ゆが》んで飛び出てしまっている。

カウンターの隅にいくつも並んだ歪んだリボンを、光春はまじまじと見詰める。

蘇芳はいつも手際よく花を選び、ラッピングをし、如才ない笑顔で接客する。華やかな外見も相まってなんでも器用にこなせるタイプに見えたが、意外と不器用なところもあるようだ。

何より意外だったのは、蘇芳が地味な反復練習を黙々とこなしていたらしいことだった。労せずして結果を出す人というイメージがあったが、実は陰の努力を惜しまないタイプか。

「さすがにそろそろ、花屋の仕事にも本腰を入れようと思いまして」

この花屋は、蘇芳が路頭に迷わぬようにと蘇芳の実家が用意してくれた店だという。実家からは祭壇に使う花など大口の依頼もある。それに比べたら店頭での売り上げなど微々たるもので、だからこれまではラッピングやアレンジメントにもさほど力を入れてこなかったのだろう。

だが、ここのところ蘇芳の心境にも変化があったようだ。実家からの注文に頼らず、店主としてきちんとこの花屋を盛り立てようとしている。

前向きに頑張る人は応援したくなる。カウンターに並んだ不器用なループリボンを横目で見て、光春は控えめな笑みを浮かべた。

「僕でよければアレンジメントの練習、お手伝いしましょうか?」

大したことはできませんが、とつけ足したものの、蘇芳は「いいんですか!」と顔を輝かせた。

「じゃあさっそく、花かごにリボンを結ぶ練習につき合ってもらえますか?　どうしても途中で崩れてしまって……」

もちろん、と頷いて、蘇芳に手を貸し花かごにリボンをかける。

ループリボンも、蘇芳に作り方を教えてもらって一緒に作ってみた。意外と形を整えるのが難しい。そのうち光春の方が夢中になって、気がつけばレジの奥に座って黙々とループリボンを作り続けていた。

「遠野さん、上手ですね」

後ろから声をかけられ、はたと我に返って時計を見上げればすでに夜の八時を過ぎていた。蘇芳はすっかり店の片づけを終え、後はもう帰るだけのようだ。

「すみません、つい熱中してしまって……！」

「すごい、これいくつループを重ねてるんです？　これだけで大きな花みたいですね」

感心しきった顔をされてしまい、光春はとんでもないと首を横に振る。

「もともとこういう細かい作業が好きなんです。折り紙なんかも夢中になる質《たち》で……。単に慣れの問題だと思います。蘇芳さんだって練習すればすぐ上手くなりますよ。数をこなせばいいんです」

「何事も実践あるのみですね。精進します」

神妙な顔で頷いて、蘇芳は光春の作ったループリボンを花かごにくくりつける。先につけていた自分の歪んだリボンは外そうとしたので、慌てて止めた。

「蘇芳さんが作ったリボンもつけておきましょうよ。たくさんあった方が華やかですし」

「見栄えが悪くなりますよ？　これは捨てた方が……」

「頑張って作ったのにもったいないです！」

力説する光春を見た蘇芳は少し面映《おもは》ゆそうな顔をして、自分のリボンもつけたまま花かごを差し出してきた。

「よかったらこれ、もらってください。手伝ってもらったお礼に」

「じゃあ、お代を」

いりませんよ、と蘇芳は苦笑して、半ば強引に花かごを手渡してくる。

かごを持つ手に蘇芳の手が重ねられ、互いの距離が急接近して動けなくなった。

「これだけじゃお礼になりませんね。よかったら、これから俺の部屋に来ません？　夕飯作ってご馳走《ちそう》しますよ」

蘇芳の声が低く、甘くなったように感じるのは、多分光春の勘違いではない。

今日は火曜日。明日は蘇芳の店が定休日だ。早朝から市場に出向く必要もなく、蘇芳がのんびりと夜を過ごせる日でもある。

閉店間際の店に招かれたとき、こういう展開になることを期待しなかったと言えば嘘になる。

だが即答するのは誘われるのを待っていたようで気恥ずかしい。俯《うつむ》いて言葉を探していると、身を屈《かが》めた蘇芳の唇が耳殻に触れた。

「店に来てくれたときから、今日はうちに寄ってくれるのかと期待してたんですが……違いました？」

残念、と囁いて蘇芳が光春から身を離そうとする。それでつい、引き留めるように勢いよく顔を上げてしまった。

きっと隠しようもなく必死な表情になっていたのだろう。光春の顔を見た蘇芳は一瞬だけ笑いをこらえるように口を引き結んだが、すぐに無駄な努力を放棄して笑い崩れた。

花かごを持つ手に蘇芳の手が重ねられているせいで、赤くなった顔を両手で覆って隠すこともできない。ここまでくると恥ずかしいより情けなかった。蘇芳はこんなにも余裕たっぷりなのに、自分ばかり蘇芳の一挙手一投足に振り回されている。

光春がしおれた顔で俯いていることに気づいたのか、蘇芳が慌てて笑いを引っ込めた。

「すみません、遠野さんが可愛《かわい》くて、つい」

「……可愛くありません」

「ふてくされてる顔も可愛いですね」

成人男性に向かって臆面もなく可愛いなんて連呼できる蘇芳に光春はまったく歯が立たない。掌の上でいいように転がされても腹すら立たなかった。

　もう少し蘇芳と一緒に過ごしたかったのも事実だし、行きます、と答えようとしたら額に何か硬いものが押し当てられた。

甘い香りが強くなる。目を上げると、蘇芳と互いの額を押しつけ合う恰好《かっこう》になっていた。キスの直前と変わらぬ距離に息を呑んだが、こちらを覗き込む蘇芳の顔は真剣そのものだ。

「本当に、今夜はこのまま俺の部屋に行きませんか？　アサミさんが離れたばかりで心配なんです」

アサミは長年光春に取り憑いていた霊だ。浮遊霊や悪霊に近い存在だったが、光春に近づいてくる低級霊を追い払っていたという点においては守護霊と呼んでもいいのかもしれない。

そのアサミが成仏したのは数週間前のこと。今や光春を守るものは何もない。

いくら蘇芳が寺の次男坊で霊を祓うことができるとはいえ、離れた場所から光春を守ることは難しい。

（……心配してくれてるんだ）

蘇芳は意外なほど面倒見がいい。霊に憑かれやすいくせに対処法は知らない光春が危なっかしくて放っておけないのだろう。

「お言葉に甘えて、お邪魔させていただいても……？」

おずおずと尋ねると、もちろん、と満面の笑みを返された。

「蘇芳さんにはいつもご迷惑をかけてしまって……」

「いえいえ。きちんと下心もありますからお気遣いなく」

殊勝に頭を下げようとしたら、掠《かす》めるように唇にキスをされて言葉が途切れた。

目を丸くした光春を見て蘇芳が笑う。眩《まぶ》しいほどの笑みに目を奪われていたらまた唇をふさがれた。唇の触れ合う距離で「来てくれますよね」と囁かれれば、断る言葉も出てこない。

恋人になってからまだ十日ほど。

人生初の恋人は、見目麗しい上に少々強引に迫ってくる。恋愛経験に乏しい光春がかわせるような相手ではない上に、光春自身ぐいぐい来られるのが嫌ではない。平日から恋人の部屋に入り浸るなんていけないとは思いつつすっかり舞い上がって、蘇芳に手を引かれるままマンションまでついていくことになってしまった。

マンションに到着すると、蘇芳は早速夕食の準備に取り掛かった。手際よく用意してくれたのはパスタとサラダ、コンソメスープだ。

手作りの料理に感動して素直に礼を言うと、恐縮したように肩を竦《すく》められた。

「作るというほどでもないですよ。スープはインスタントですし、パスタだって市販のソースを使ってますから」

「十分ですよ！　僕なんてほとんど自炊しませんから。コンビニで夕飯を買うときだってサラダなんて選びませんし。栄養バランスとか考えたことありません」

今でこそ崩れた色気を漂わせている蘇芳だが、数年前までは山にこもって厳しい修行に明け暮れていた修行僧だったのだ。修行中の僧侶全員分の食事を作るのも日常茶飯事で、このくらいの料理は作った内にも入らないという。

「そんなに喜んでもらえるなら、今度はもう少し手の込んだものをご馳走しますね」

そう言って、食後にコーヒーまで淹《い》れてくれた。

促されるまま革張りの大きなソファーに移動した光春は、ひっそりと溜息《ためいき》をつく。夕食をご馳走になったらすぐにお暇《いとま》するつもりだったのに、結局長居してしまった。

光春が渋い表情になるのには訳がある。実を言うと、この前の週末にも光春は蘇芳の部屋を訪れているのだ。しかも泊まりで。いくら恋人になりたてとはいえ、もう少し節度を持ったおつき合いをすべきではないか。

コーヒーを飲んだら今度こそお暇しようと自分に言い聞かせ、キッチンカウンターの向こうに立つ蘇芳に視線を向ける。別れる前にせめてその顔を目に焼きつけておきたかった。

キッチンでわざわざ豆を挽《ひ》いていた蘇芳が、光春の視線に気づいて笑みをこぼす。嬉しそうなその顔を見たらますます離れがたくなってしまってうろうろと視線をさ迷わせた光春は、カウンターの隅に置かれたものに目を留めた。

トランプのクローバーのような、少々歪《いびつ》な三角形をした金色の台座にハンドベルのようなものが置かれている。台座と同じく金色のベルは持ち手が四方に割れ、ピアスや指輪でもひっかけられそうな形だ。遠目にはアクセサリー置き場のようにも見えるが、ベルと一緒に台座に置かれているのはアクセサリーではなく、法具である独鈷杵《とっこしょ》だった。

以前、蘇芳があの独鈷杵を使っている姿を見たことがある。アサミと対峙《たいじ》したときだ。普段はああして部屋に保管しているが、悪霊の危険が迫った際は持ち歩くようにしているらしい。

実家を出る際、蘇芳は家族から独鈷杵を手渡されたという。それを置くための台とベル——あれも金剛鈴《こんごうれい》という名前のついた法具の一種らしい——を一式渡され、ああして部屋の隅に置いている。

「インテリアとして悪くないでしょう」なんて蘇芳は笑っていたが、言われなければ確かに法具とは思わなかっただろう。こじゃれたアジアン雑貨と言われても疑わなかったはずだ。

「お待たせしました」

コーヒーカップを両手に持った蘇芳がキッチンから出てきて、光春は慌てて背筋を伸ばした。

蘇芳からカップを受け取り、両手で包んで肩を竦める。

「すみません。たびたびお邪魔している上にすっかり長居してしまって……」

「とんでもない、むしろ嬉しいですよ。遠野さんのために新しいワイシャツを用意しておくくらいには」

えっ、と声を詰まらせた光春に、蘇芳は悪戯《いたずら》っぽい笑みを向ける。

「先週は出勤前に朝からばたばたしてしまって大変だったでしょう？」

「そ、それは、そう、ですけど……」

光春の頬がじわじわと赤くなる。

実は先週の火曜も光春は蘇芳の部屋を訪れていた。ついでに泊まり込んですらいる。

当然ながら翌日は出勤だったがアパートへ戻る時間もなく、朝から蘇芳に近所のコンビニまで新しい下着を買いに行かせてしまったのだ。ワイシャツは前日と同じものを着るしかなかったが、それを覚えていて新しいシャツなど用意してくれたのか。

ということは、今日も蘇芳の部屋に泊まる流れなのだろうか。

（いや、さすがにそれは、いくらなんでも入り浸りすぎだ）

コーヒーカップに鼻先を埋め、これを飲んだらすぐ帰る、と胸の中で繰り返していたら、横から蘇芳の腕が伸びてきて腰を抱き寄せられた。

カップの中身がほとんど残っていなかったからいいようなものの、危うく手元が狂いそうになった。硬直していると、首筋に蘇芳が鼻先をすり寄せてくる。

「サイズは合うと思いますから、よかったら明日、早速使ってください」

やはり泊まっていけということか。いいのだろうか、自分ばかりこんないい目に遭って。

初めての恋人だ。どのくらい遠慮なく甘えていいものか加減がわからない。

「あの、でも……アサミさんに花を飾ってあげないと……」

自分を思いとどまらせるつもりでそう口にした。

最後にアサミと対峙したとき、光春は彼女のために毎日花を飾ると約束した。以来、自宅の窓辺に飾った花の前に立つたびアサミを思い出すようにしている。

蘇芳は顔を上げ、「実践してるんですか」と少し驚いたような声で言った。

「彼女はその約束だけで満足して成仏したんですから、毎日花を飾る必要もないんですよ？

もう魂は現世を去っているんですし、約束が守られているかどうか確かめようもないんですから」

「それでも、約束をしたので」

光春の首筋に顔を寄せていた蘇芳が体を起こす。呆《あき》れられたかと思いきや、その口元に浮かんでいたのは柔らかな笑みだ。

「相変わらず、律儀な人ですね」

蘇芳はソファーから立ち上がると、キッチンカウンターに置かれていた花かごを持って戻ってきた。帰り際に蘇芳が作ってくれた、白いバラとトルコキキョウの花かごだ。

「だったらこれをアサミさんのために飾ってあげてください」

ローテーブルに置かれた花かごに光春はそっと手を伸ばし、小さな声でアサミを呼んで黙禱《もくとう》した。蘇芳も隣でそれに倣い、光春が顔を上げると再びその腰を抱き寄せてくる。

「これで日課も済んだわけですし、今夜は泊まっていってくれますか？」

「いや、それは……」

口ごもっていたら、光春の腰を抱く腕に力がこもった。

「もしも帰るなら、アパートまで送ります」

「そんな、大した距離でもないのに」

「心配なんです。特に最近、うちの店の前のレンガ通りが妙な雰囲気なので」

いつの間にか、蘇芳の声に真剣な響きが戻っていた。店に向かう途中で妙な視線を感じたことを思い出した光春も居住まいを正す。

「今日、僕も感じました。なんだか首筋がざわざわ落ち着かない感じで。それに、足元を何かが走り抜けていったような」

「どんなものが走っていったかわかりますか？　犬とか猫とかそういう？」

「そんな大きなものではなく、細いものが足の間を一斉にすり抜けていったような……。原っぱを歩いているとき、草が足に絡みつく感じに似ていた気もします」

考え込むように眉根を寄せた蘇芳を見て、光春は恐る恐る尋ねる。

「……最近、あの辺りで何かあったんですか？」

光春の顔が不安で曇っていることに気づいたのだろう。蘇芳がぱっと眉を開いた。

「いえ、俺が知る限り何も。ただ、もしかすると遠野さんのように憑かれやすい人が最近あの辺をうろついているのかな、と。霊はオナモミのようなものですから」

唐突に植物の名前が飛び出して目を丸くする。オナモミというと、引っつき虫とも呼ばれるあの草か。子供の頃、近道をしようと茂みをかき分け歩いていると、いつの間にか棘《とげ》のある実が服にいくつもついていたものだ。

「オナモミの実が服についても、そのうちぽろりと取れるでしょう。霊も同じく、どこかで取り憑かれたとしても自然と離れていったりするものなんですよ。アサミさんのように何年も一人の人間に頑固に取り憑いている方が稀《まれ》なんです」

「そういうものですか」

「生前よほど縁のあった人間相手だと話は別ですけどね。それから、動物の霊もしつこいです。波長の合う人間は珍しいので、一度憑かれるとなかなか離れません」

しかしそれ以外の浮遊霊などは、何かの弾みで憑かれたとしてもそのうちふわりと離れてしまうという。

「取り憑かれやすい人はいっぺんにいくつもの霊を背負い込むことも珍しくありませんから、そういう人が通った後は、その人から離れた霊が漂っていたりするんです」

興味深い話に相槌《あいづち》を打っていると、蘇芳の指先が伸びてきて頬を撫《な》でられた。

「他に何か、レンガ通りを歩いていて変わったことはありませんでしたか？」

心配そうな表情でこちらを覗き込まれ、光春は背筋を伸ばす。

「と、特には……！　誰かに見られているような気がしたのは今日だけですし、それももしかしたら単なる勘違いかもしれませんし……」

「勘違いではないと思いますよ。実際、憑いてたじゃないですか」

俯いた光春の耳元に、ふっと蘇芳が息を吹きかける。

店先で同じことをされたとき、急に肩が軽くなったことを思い出して光春は「あ」と声を上げた。続けて耳朶《じだ》にキスをされ、慌てて片手で耳を覆う。

「今のところ大きな被害はないみたいですね。よかったです」

そう言って笑った蘇芳はほっとしたような顔をしていて、自分の言葉を全面的に信じてくれるその態度に胸の奥を摑《つか》まれた。

自分の胸の内を言葉にするのはまだ慣れないが、蘇芳にはきちんと伝えたい。そんな想《おも》いがふつふつと湧いてきて、光春は思いきって自分から蘇芳の肩に頭を寄せた。

「いつもありがとうございます。すごく、感謝してます」

常にない光春の行動に驚いたのか、腰を抱く蘇芳の手がわずかに強張《こわば》った。それを感じながら、光春は懸命に本音を口にしようとする。

「あの、でも、あまり甘やかさないでもらえますか。どんどん流されてしまうので……」

「俺の好きにやっているだけで、甘やかしているつもりはありませんが」

「いえ本当に、こうしておつき合いさせてもらえているだけで夢のようというか」

「そんなに?」と蘇芳が苦笑する。冗談めかした口調に、「そんなにです」と光春は語気を強めた。

「僕、初めて会ったときから蘇芳さんのことが忘れられなくて……でも最初は、芸能人のファンみたいな気持ちだったんです」

毎週金曜だけと決め、蘇芳の店に通い続けた。自分からはなんのアプローチをするでもなく、ただ花を買い求めるだけの日々だ。それでも満足していた。蘇芳が振り返ってくれるなんて夢にも思っていなかったからだ。

「綺麗な人だなぁって、いつも遠目に見てました。最初は本当にそれだけで、どんな人なのかとか関係なく見惚れるばかりで……でも、蘇芳さんは僕の話を笑いもしないでちゃんと聞いてくれたから、それで本気で好きになったんです」

片想いをしていた頃より、今の方がずっと蘇芳に惹かれている。そのひととなりを知るほどにのめり込んでいくようだ。

何事も器用にこなすように見えて実は少しだけ不器用なところだとか、地道な努力を厭《いと》わないところ。照れもせず甘い言葉をくれるくせに、こちらから思いきって甘えたり好意を示したりすると予想外に動揺したりするところも好きだ。

光春の髪に鼻先を埋めた蘇芳は、窺《うかが》うような声で「本当ですか？」と呟《つぶや》く。

「そんなふうに言われたの、初めてですよ。一緒にいると化けの皮がはがれてしまうことがほとんどだったので」

「化けの皮というより、意外な一面が次々出てきますよね。蘇芳さんの修行僧時代とか未だに想像できませんし」

「恋人が元僧侶なんて、嫌じゃないんですか？」

「なんで嫌がるんです？」

「もっとチャラい相手かと思ってたのに、元僧侶なんて厳格そうで嫌だ、なんて言われて別れを切り出されたことならありますよ」

蘇芳の肩に凭《もた》れたまま、光春は小さく笑う。

「その言葉には全然同意できませんが、おかげで蘇芳さんは今僕の隣にいてくれるんですから万々歳ですね」

口にしてから、別れ話を万々歳なんて言うのはよろしくないなと思い直す。弁解しようと顔を上げたら蘇芳がこちらを覗き込んできて、口を開くより先にキスをされた。

目を丸くした光春の顔を至近距離から覗き込み、蘇芳は潜めた声で囁く。

「本当にそう思ってくれます？　悪い男に引っかかったって後悔してません？」

「え、そ、そんなことは……。むしろ高嶺《たかね》の花にうっかり手が届いたというか、棚からぼた餅がなだれ落ちてきたというか」

僥倖《ぎょうこう》以外のなにものでもないと伝えようとしたが、再び蘇芳に唇をふさがれてしまって言葉にならなかった。鼻先がぶつかる距離はそのままに、蘇芳が薄く目を細める。

「そんなふうに言ってもらえて嬉しいです、すごく」

本音を口走っただけなのに喜ばれてしまった。

うろたえているうちにまたキスをされた。今度は舌先で唇を辿《たど》られて背筋に震えが走る。

口づけが深くなる予感に、期待で体が熱くなってしまった。

これではまた蘇芳の部屋に泊まる流れになってしまう。いけない、と自戒して唇を引き結ぶと、それに気づいた蘇芳がキスをほどいた。

「泊まっていくでしょう?」

ひそひそと囁かれ、濡れた唇に吐息が触れる。無言で首を横に振ったが、動きが小さすぎて伝わらなかったのか、それとも敢《あ》えて無視されたのか、蘇芳の目元に笑みが浮かんだ。

「光春」

名前を呼ばれた瞬間、再び背筋に震えが走った。

蘇芳は普段、光春を苗字で呼ぶ。けれどこういうときだけは敬称も抜きに名前で呼ぶのだ。今や下の名前を呼ばれることは、これから始まることに対する合図のようになっている。

条件反射のように体から力が抜けた。というのは言い訳で、光春だって嫌ではないのだ。諦めた体で唇を緩めれば、キスが再開されて熱い舌が押し入ってきた。

目を閉じると、薄くバラの香りがした。蘇芳がつけている香水の匂いだ。生の花の香りとは違う、蘇芳の肌の匂いが混じった甘い香り。

そのうち名前を呼ばれるばかりでなく、この匂いを嗅いだだけで体が熱くなったりするのだろうか。本能に忠実な動物のように。

そうなったとしても、蘇芳はやっぱり嬉しそうに笑うのだろう。

ごく自然にそう思えて、光春は自ら蘇芳の首に腕を回した。

ものには限度というものがある。それくらい光春だってわかっている。

わかっていてもこんなにもどうにもならないことがあるということに驚きを禁じ得ない。

土曜の夕暮れ、光春は重たい足取りで最寄り駅の前を歩いていた。

（……昨日もまた、蘇芳さんのマンションに泊まってしまった）

しかもまた仕事帰りに蘇芳の部屋に上がり込んで、そのまま一泊するという流れだ。週の半ばにも同じことをしたばかりなのに。

今朝、目覚めるとすでに蘇芳の姿は部屋になかった。前夜のあれこれで疲弊しきっていた光春の体を気遣い、起こすことなく店に行ったのだろう。

ダイニングテーブルには簡単な朝食が置いてあり「ゆっくりしていてください」という置き手紙と共にマンションの鍵が置かれていた。

遅めの朝食を食べた光春は、一度アパートに戻って着替えなど済ませてから、マンションの鍵を返すため蘇芳の店に寄った。

用が済んだら今度こそ自宅に帰るつもりでいたのに、蘇芳は光春に駅前で昼食用のパンを買ってきてくれないかと頼んできた。忙しくて昼食を買いにいく時間がないらしい。

断る理由もなくパンを買って戻ったが、土曜の店内はそこそこの客入りで蘇芳が食事をしている暇もない。それでつい、店の仕事を手伝ってしまった。

接客は蘇芳に任せ、店先に並べられた鉢植えに水をやったり、花がらを摘んだり、店の周りの掃除をする。気がつけば夕暮れ近くなっており、店の関係者でもないのに何をしているのだと我に返って帰ろうとしたら、客が途切れたタイミングで蘇芳に耳打ちされた。

「店を手伝ってもらったお礼がしたいので、俺の部屋で待っててください」と。

断ろうとしたのだ。前日も蘇芳の部屋に泊まっているし、これ以上入り浸るのはよくない。頭ではわかっているのに甘やかに目を細めた蘇芳を見たら抗《あらが》えず、こうしてのろのろと蘇芳のマンションに向かっている。

本当に良くない、と光春は項垂《うなだ》れる。まるで己の欲望に抗えない。

（もう少し自制心を持たないと……）

溜息をついたところで、ごぉん、という低い音が辺りに響いた。駅前の寺で鐘をつく音だ。

駅の近くにある大きな寺は蘇芳の実家で、毎日欠かさず六時半と十八時半に鐘を鳴らす。自宅のアパートにいてもうっすらと鐘の音は聞こえるが、寺から近い蘇芳の部屋にいるときの方が音ははっきり響いてくる。そのせいか、今朝は早朝の鐘の音で目を覚ました。

目覚めたとき、ベッドに蘇芳の姿はなかった。もう起きて支度をしているのかとぼんやり視線をさまよわせたら、寝室の窓際に立つ蘇芳の後ろ姿が目に飛び込んできた。スウェットのズボンだけ穿《は》いて上半身は裸のまま、薄くカーテンを開けて窓の外を眺めている。

今日はたまたま早く目が覚めたのだろうか。それともいつもこうして窓辺に立って、寺の鐘の音に耳を傾けているのか。

剝《む》き出しの背中を見詰め、蘇芳と家族の仲を想像した。

蘇芳から、家族と不仲だという言葉を聞いたことはない。家を出されたのは霊に対する蘇芳の力が強すぎたからで、家族との確執があったわけではなさそうだ。

蘇芳が家を出た後のフォローも手厚いと言えるが、見ようによっては法要を執り行う際に邪魔になる蘇芳を体よく寺から追い出したともとれる。

蘇芳自身は家族に対してどんな想いを抱いているのだろう。僧侶になるべく長年厳しい修行をしていたとも聞くし、もし自分の力を抑えることができるようになったら寺に戻りたいと思っているのだろうか。

キッチンカウンターに置かれた独鈷杵と台座を思い出す。僧侶を辞しても信仰心が消えるわけではないのだろう。台座にはいつも埃《ほこり》一つ積もっていなかった。

蘇芳は寺の鐘が鳴り終わる前に振り返り、光春が目覚めていることに気づくと目元を緩めてベッドに戻ってきた。家族のことを尋ねていいものか迷っているうちに胸に抱き込まれ「まだ眠っていていいですよ」と髪を撫でられて、いつの間にかまた眠りに落ちていた。

（さすがに、身内のことにまで踏み込むのはやりすぎかな）

恋人との距離感について思案しながら蘇芳のマンションまで戻ってきた光春は、エントランスの前をうろうろしている男に気づいて歩調を緩めた。

金髪というより白金に近い色に髪を染めた男だ。Tシャツにデニムというラフな恰好で、マンション内の様子を窺うように入り口の前を行ったり来たりしている。

どう見ても不審な行動だ。だが、それより何より気になったのは、男が背中に黒い靄《もや》のようなものを背負っていることだった。

（……なんだろう、あれ）

向こう側がうっすらと透けて見える。煙や靄としか言いようのない代物だ。眺めていると、靄の中にゆらりと人の横顔のようなものが浮かび上がった。

思わず後ずさりする。風が吹いて靄の中の顔はすぐに掻《か》き消されたが、何やら不穏な雰囲気を感じて背中に汗をかいた。

もしや男性が背負っているのは悪鬼怨霊の類だろうか。

光春も霊に取り憑かれやすい体質だが、視線を感じたり気配を感じたりすることがほとんどで、こんなふうに他人に取り憑いているものがはっきりと見えたのは初めてだ。まじまじと眺めていたら、男が足元をふらつかせた。

よく見ると男は血の気の失《う》せた青白い顔をしていて、額には脂汗まで浮かべている。どこか具合が悪いのかもしれないと思ったら放っておけず、男性のもとに駆け寄った。

「あの、大丈夫ですか？　顔色が悪いみたいですけど……」

ふらふらとエントランスに向かって歩きだした男性を追いかけて声をかけると、肩越しに相手がこちらを振り返った。こうして並ぶと背が高い。蘇芳と同じくらいだろうか。

男の背中を覆っていた黒い靄がぶわりとこちらに流れてきて後ずさりしたら、靄をかき分けるように男の手が伸びてきた。

「あんた、ここのマンションの人？　蘇芳恭介《きょうすけ》って人知らない？」

遠慮なく肩を摑まれたことより、蘇芳の名前が出てきたことに驚いて目を丸くする。

「蘇芳さんのお知り合いですか……？」

「あいつのこと知ってんの？」

男の声が鋭くなる。知らない振りをするべきだったかと後悔したがもう遅い。男は両手で光春の肩を摑むと、なりふり構わぬ形相で言い放った。

「あいつの部屋番号教えて。大丈夫、怪しいもんじゃない。俺、恭介の元カレだから」


光春はとっさの嘘がつけない。長年、本当のことすら言っても信じてもらえなかったのだ。嘘などついてもすぐ見抜かれるだろうと、極力本当のことを言うようにしてきた。

その弊害か、うっかり口を滑らせた後は蘇芳のことなど知らないと言い張ることもできず、初対面の男に「ちょっと話聞かせて」と近くの喫茶店に連れ込まれてしまった。

マンションの前をうろついていた男は駿也《しゅんや》と名乗った。苗字は教えてもらえなかった。もしかすると偽名なのかもしれない。

喫茶店の小さなテーブルを挟んだ向かいに座る駿也の背後には、相変わらず黒い靄のようなものが漂っている。目を凝らすと恨みがましい目でこちらを見る人の顔がぼんやりと浮かび上がってくるので、極力直視しないようにした。

駿也は喉でも渇いていたのか、運ばれてきたアイスティーをあっという間に飲み干した。涼しい店内に入ったおかげか少し顔色もよくなったようだ。

改めて見ると、駿也は大層整った顔立ちをしていた。カラーコンタクトを入れているのか瞳は涼やかなブルーグレイで、少し彫りの深い顔にその色味がよく似合っている。

光春は緊張して水分すら喉を通る気がせず、申し訳程度に唇を湿らせてから尋ねた。

「あの、貴方《あなた》は蘇芳さんの、その……」

光春が何に言いよどんでいるのか気づいたのか「元カレ」とあっけらかんと駿也は言う。

還俗《げんぞく》した後、蘇芳が頻繁に新宿《しんじゅく》二丁目に出入りしていたという話なら本人から聞いていたが、こうして目の前に元恋人が現れるとさすがに衝撃を受けた。蘇芳ほどの美丈夫なら恋人の一人や二人や三十人はいたことくらいわかっていたつもりだったのに。

言葉もなく目を伏せた光春を見て、駿也は唇の端を持ち上げる。

「もしかしてあんた、あいつの今カレ？」

ぎょっとして辺りを見回してしまった。幸い店内は客もまばらで、近くの席には誰もいない。

光春は自分の恋愛対象が同性であることを周囲に打ち明けていない。家族にさえまだ話していないのだ。他人の耳を気にして挙動不審になる光春を、駿也は面白そうに眺めている。

「もしかして俺の勘違い？　今までの恭介の彼氏とはちょっと毛色が違うみたいだし。あれか、ただの友達か」

だよね、と続きそうなセリフに、ぐっと言葉を詰まらせる。

光春はとっさの嘘がつけない。嘘をついてもどうせばれる。

だが、今は別の理由で嘘をつきたくなかった。

自分のような垢《あか》抜けない人間なんて、蘇芳の恋人にふさわしくないことくらい自覚している。蘇芳の隣には同じくらい華やかな、それこそ駿也のような人間が似合うのだろう。友達か、と念を押してくる駿也は、遠回しにそれをほのめかしているのかもしれない。

「実は俺、恭介とよりを戻したくて何度か連絡したんだけどさ――」

案の定駿也がとんでもないことを言い出して、光春は決死の覚悟で口を開いた。

「い、今蘇芳さんとおつき合いさせていただいているのは僕です……！」

周りの耳が気になるので声は抑え気味になってしまったが、はっきりとそう宣言した。

まさか、と一笑に付されるだろうか。それとも端《はな》から信じてもらえないか。

自分の言葉はどこか嘘くさい。自覚はあったが、今回ばかりはそうも言っていられなかった。認めてくれるまで何度だって同じ言葉を繰り返すつもりでいたが、駿也の口から出てきたのは「なんだ」という気の抜けた声だ。

「そうなんだ？　やっぱりもう新しい彼氏いたかぁ」

光春の言葉を笑い飛ばすでもなければ激昂《げきこう》するでもなく、駿也はがっかりした顔でテーブルに頬杖《ほおづえ》をついた。

思ったよりも緩い反応に目を瞬かせる。別れろ、などと迫られるかと思ったがそういう雰囲気でもない。

「……あの、いいんですか。僕なんかが彼氏で」

「え、いいも悪いもつき合ってんでしょ？　略奪すんのは趣味じゃないから心配しないでよ」

「でも、よりを戻したくて蘇芳さんに連絡してたんですよね？　今日だってわざわざマンションの前まで……」

思い詰めた末の行動ではないかと疑ったが、駿也はやる気を失った様子で目を閉じる。

「もしタイミングが合えば、とは思ったよ。でも恭介がそんなに長いことフリーでいるわけないもんね。本気でよりを戻したかったっていうより、なんか会いたくなっただけ。別れてから気がついたんだけど、あいつのそばにいると妙に落ち着くっていうか、体が楽っていうか？」

駿也の言葉を聞きながら、光春はそろりとその背後に視線を向けた。そこには相変わらず黒い靄のようなものが渦巻いている。

（……もしかしてこの人、もともと憑かれやすいタイプで、蘇芳さんが一緒にいたときは定期的に祓ってもらってたんじゃ？）

光春も商店街で妙なものに取り憑かれたとき、蘇芳に吐息一つでそれを祓ってもらった。あんなふうに、駿也本人にも気づかれないような軽い仕草で蘇芳は霊を祓っていたのかもしれない。

あれこれ想像を巡らせる光春の前で、頼まれてもいないのに駿也は蘇芳とのなれそめを語り出す。出会いは新宿二丁目で、つき合っていた期間はほんの二ヶ月程度のことだという。会うのは大抵ホテルか駿也のアパートで、蘇芳の自宅は知らないらしい。

最寄り駅だけは話の弾みで本人から聞き出しており、駅前のマンションに住んでいるという情報だけを頼りに片っ端から駅周辺のマンションを訪ねていたそうだ。それで本当に蘇芳の自宅まで辿り着けてしまうのだから強運の持ち主と言わざるを得ない。

「仕事場も自宅の近くだって言ってたからこの辺だと思うんだよね。ねえ、あいつの職場知ってる？　ていうかあいつなんの仕事してんの？　バーテンとか？」

真っ先に夜の仕事を想像する気持ちもわからないではない。蘇芳にはどことなく崩れた色気が漂っている。商店街の花屋ですと言ったらどんな顔をされるだろう。信じてもらえない気がする。

「……本人に尋ねてみればいいのでは？」

「そうしたいけど、あいつ全然電話に出てくれないんだよね。別に今カレいるならそれでいいし、よりを戻してほしいなんて言わないからちょっと会ってくんないかなぁ」

力なく呟いて駿也はテーブルに突っ伏してしまう。黒い靄がその背中を押しつぶし、まるで物理的な重さでも感じているかのように駿也は呻《うめ》いた。

マンションの前で顔色が悪かったのは熱中症か何かだろうと思っていたが、もしかするとこの靄のせいなのかもしれない。

少しだけ迷ったが、光春は恐る恐る駿也の肩に手を伸ばす。

指先が駿也の肩に触れた瞬間、その背後を漂っていた黒い靄が触手でも伸ばすように光春の指にするすると吸い寄せられ、思わず手を引いてしまった。

霊感の強い人間は、霊からすると灯台の光のように見えるらしい。だから霊に取り憑かれている者に蘇芳が寄り添うと、霊は自然と蘇芳の方に寄ってくる。

もしかすると自分にも、同じようなことができるのかもしれない。

覚悟を決め、光春はもう一度駿也の肩に手を伸ばした。今度はしっかりとその肩を摑む。

駿也の背中を覆っていた靄が、光春の指先から腕へ、螺旋《らせん》を描くようにするすると伝ってくる。すぐに指先が冷たくなって、腕もだるくなってきた。右肩が重い。急に店内の冷房が勢いを強めたようで背筋が寒くなった。

靄を吸い寄せるほど体が重くなっていく。背中が凍りつくようだ。こめかみを締めつけられるかのような鈍い頭痛を覚え始めた頃、駿也がぱっと顔を上げた。一つ瞬きをして、自分の肩をしっかりと摑む光春の手に目を向ける。

気安く他人に触れられたのが不快だったかと慌てて手を離したが、駿也の顔に浮かんだのは満面の笑みだった。

「ごめんね、愚痴っぽくなっちゃって。でも話聞いてもらったおかげでなんかすごい気が楽になったわ。ありがと！」

「それは……よかったです」

やはり駿也の不調は霊によるものだったらしい。背負っていた黒い靄をあらかた光春が引き受けたせいか、すっかり顔色もよくなっている。逆に光春は寒気に襲われ体もだるい。温かい飲み物を頼めばよかったと後悔しつつアイスティーをすっていると、急に駿也が身を乗り出してきた。

間にテーブルを挟んでいるとはいえ、派手な美貌が突然近づいてきてぎょっとした。

駿也は小さく鼻を鳴らすと、悪びれたふうもなくにっこりと笑った。

「やっぱりあんた、恭介とつき合ってるんだ。あいつとおんなじ匂いがする」

「に、匂いですか？」

「なんか甘い、花みたいな？」

そう言って、駿也はデニムのポケットから何かを取り出した。開いた掌の上に載っていたのは小さな布袋だ。黒い袋の口が銀色の紐《ひも》で縛られている。仄《ほの》かに甘い香りがして、「匂い袋ですか？」と駿也に尋ねる。

「そう。つき合ってた頃恭介がくれたんだ。やたらとジジ臭いもんくれるなーって思ったけど、なんかいい匂いだし、気分悪いときにこの匂い嗅ぐとちょっと楽になるから」

手の上で匂い袋を転がし、駿也は「あんたも同じ匂いがする」と笑った。

蘇芳が渡してくれたということは、あの匂い袋は霊を退けるお守り的な役割を果たしているのだろう。だが蘇芳はそうと駿也に伝えていないようだ。光春も蘇芳から魔除けのお守りをもらったことがあるが、最初からお守りとは言われず、花の栄養剤などと言って手渡された。

(自分の霊感が強いこととか、霊が見えてしまうことを周りに明言したくないのかな?)

その気持ちは光春もわかる。幽霊なんて言ったところで信じてくれる人の方が稀だ。

駿也はいつも匂い袋を持ち歩いているのか、袋の端はぼろぼろになっている。正確な効能も知らないのにこうして肌身離さずにいるのは、蘇芳のかけたまじないがてきめんに効果を発しているからだろうか。

(それとも、やっぱりまだ蘇芳さんに未練があるとか……?)

気になってじっと駿也の顔を見詰めてしまったが、返ってきたのは屈託のない笑顔だ。光春から蘇芳を奪い取ってやろうなどと考えているようにはとても見えない。

「本当に楽になった。久々に外歩いたからかな? それともあんたみたいな人畜無害そうな人と話せたからかも。浄化された、みたいな」

黒い靄を取り払った駿也は生来の明るさを取り戻したかのように笑っている。反対に背中が重くて仕方がない光春が力なく相槌を打っていると、「なんか顔色悪いけど大丈夫？」と心配までされてしまった。

「家まで送ってこうか？　この近く？」

「いえ、大丈夫です。この後、蘇芳さんと会う約束もしていますし……」

事実なのでそう口にしたものの、元カレに対する牽制《けんせい》のように聞こえたのではとうろたえた。

しかし駿也は嫉妬するどころか、心配顔で光春の顔を覗き込んでくる。

「もしかして恭介に振り回されてんじゃないの？　あいつとはほどほどにつき合っといたほうがいいよ。特にあんたみたいな真面目そうな人は。結構冷淡なところがある奴《やつ》だから」

冷淡な奴、というのが誰を指しているのか理解し損ね、無言で駿也を見詰め返してしまった。

「え、何？　俺に惚《ほ》れた？」と茶化されて目を瞬かせる。

「冷淡って、蘇芳さんの話ですか？」

「めちゃスルーされた」

いいけどさぁ、と呟いて駿也は椅子の背に凭れかかった。

「だってあいつ、俺が何度も連絡してるのに全然反応してくれないんだよ？　ちょっと体調悪いからそばで休ませてって言ってるだけなのに無反応。電話くらい出てくれてもいいのに」

別れた相手とはいえ、駿也は不調を訴えているのだ。それなのにまったく相手にせず黙殺するというのは、光春が蘇芳に対して抱いていたイメージと少し違った。

「蘇芳さんは、すごく面倒見のいい人だと思っていたんですが……」

「つき合うまではね」

あっさりと言ってのけ、駿也は腕を組んだ。

「恭介は相手を口説き落とすまでは優しいんだけど、飽きると見向きもしなくなるタイプなんだよ。つき合い始めの頃は夜中だろうとなんだろうと連絡すればすぐ駆けつけてくれたし、『貴方だけ』とか『貴方は特別』とか浴びせるほど言ってくれたのに、今じゃこの仕打ちよ？」

「そんな、蘇芳さんに限って……」

反射的に否定の言葉を口にした光春を見て、ほら、と駿也は眉を上げる。

「あんたみたいに真面目で色恋に疎そうな人がころっと騙《だま》されるんだよ。あいつああ見えて、自分になびかせるためならどんな手だって使う策士なんだから気をつけな。別れたらこの通り、歯牙にもかけてもらえなくなるからね」

まさか、と思う一方、自分の恋愛経験が乏しすぎる自覚はある。一般的な恋人たちにとって何が普通なのかわからないまま、蘇芳の誘いを断り切れずマンションに入り浸っている時点で冷静な判断ができていないのは間違いない。

蘇芳に特別扱いされて舞い上がって、相手の思うまま動いていたらそのうち飽きられてしまわないだろうか。元来の自己評価の低さも相まって、自分も蘇芳から別れを切り出されないだろうかと不安になる。

しかも別れたら最後、蘇芳は過去の恋人を一顧だにしないらしい。

「本当に冷たい奴だよ。電話ぐらい出ろっての……」

苦しげな表情で溜息をつく駿也を見て、光春はテーブルの下で両手を握りしめる。

それでもなお会いたいのか。

それとも、会わずにはいられないのか。

駿也から引き受けた黒い靄は未だにずしりと光春の背にのしかかって体温を奪っていく。悪寒がひどくて座っているだけでも辛い。これを対処できるのは蘇芳だけとなれば、どんなに冷淡にあしらわれようと、何度だって押しかけても不思議ではない。

（僕も、蘇芳さんと別れるようなことがあったらこんなふうになるのかな……）

駿也と自分の立ち位置は少し似ている。お互いに憑かれやすく、でも自分がそうしたものを引き寄せる体質だという自覚はなかったところも、たまたま蘇芳に気づいてもらえて、善意で祓ってもらっていたところも一緒だ。

正体のわからないものにつけ回され、不可解な現象に悩まされる日々は辛《つら》かった。そのことを蘇芳に打ち明けられたとき、どれほど安堵《あんど》したかわからない。その上蘇芳はきちんと霊障に対処してくれる。これほど心強い相手など他にいない。

もしも蘇芳からある日突然別れ話を持ち出されても、あっさり別れることなどできないかもしれない。駿也のように、未練がましく追い縋ってしまいそうだ。

そのとき自分の胸の底に残っているのは果たして恋心だろうか。あるいは打算か。そこまで考えて我に返る。自分は蘇芳に一目惚れをしたのだ。打算でつき合っているわけではない。

ただ、別れ話を切り出されたとき自分の心がどんな方向に舵《かじ》を切るのか、駿也を見ていたらわからなくなって心許《こころもと》ない気分になった。

「そういえばさ、あんたもこの近所に住んでるの？　もしかして恭介と同棲《どうせい》してたり？」

あれこれ考えていたら、ごく軽い調子で駿也に尋ねられた。まさか、と首を横に振ると「最寄り駅はここなんでしょ？」と重ねて問われた。

「そうですが、蘇芳さんのマンションとは逆方向で……」

「じゃあ北側だ。北口って商店街とかたくさんあるよね。あの辺を抜けた先？」

「そうですね。駅から十五分くらいの――……」

駿也があまりにも親しげな調子で話しかけてくるものだから、問われるまま自宅の場所をぼんやり明かしてしまった。下手なことを言うと蘇芳の職場までばれてしまうことに途中で気づき、慌てて口を引き結ぶ。蘇芳が駿也との連絡を絶っている以上、自分があれこれ教えるのはよくない。

気を引き締めた光春だが、駿也はそれ以上強引に何かを聞き出そうとはせず、光春の分まで喫茶店の支払いを済ませて帰っていった。

頭の上で大きく手を振って去っていく駿也に、光春も喫茶店の前から小さく手を振り返した。駿也の背中を覆っていた黒い靄は、すべて光春が引き受けた。

そのはずなのに、駅に向かって歩いていく駿也の背中には、うっすらと黒い煙のようなものが漂っていた。

駿也と別れてから一時間ほど経《た》った頃、蘇芳がマンションに戻ってきた。

とてつもない疲労感に苛《さいな》まれてソファーに沈み込んでいた光春は、玄関から聞こえてきた物音に反応してよろよろと立ち上がる。

リビングに入ってきた蘇芳は光春を見て笑みを浮かべかけたものの、すぐに顔を強張らせた。

「遠野さん、どうしたんですかそれは」

大股で近づいてきた蘇芳に腕を摑まれ引き寄せられる。広い胸に抱き寄せられたと思ったら、背中を少し強めに叩《たた》かれた。一瞬息が止まったが、次に吐き出した息はそれまでより格段に深くて、背中の強張りもいっぺんに解ける。

蘇芳は光春を抱きしめたままソファーに腰を下ろすと、光春の背中をさすり始めた。

大きな掌で繰り返し背中をさすられるうちに冷えた指先に体温が戻り、なんだか眠たくなってきた。脱力して体重をかけても蘇芳の体はびくともしない。

ときどき耳元で蘇芳の低い声がする。耳慣れない言葉は呪文か、それともお経だろうか。独特の節回しが耳に心地よく、もう一度深く息を吐いたところでポンと背中を叩かれた。

「大体とれましたね。もう体が重いとか、手足が冷たいとかありませんか？」

光春は何度か瞬きをすると、寝起きのような顔で蘇芳から身を離した。

全身を覆っていた倦怠感《けんたいかん》が消えている。頭痛もない。劇的な変化に目を丸くしていると、両肩に蘇芳の手を乗せられた。視線を上げれば、怖いくらい真剣な顔でこちらを見ている蘇芳と目が合う。

「遠野さん。もしかして今日、背中に靄のようなものを背負った男と会ったりしませんでしたか？」

この口調から察するに、蘇芳は光春がどうやって霊を背負い込んだのか大方見当がついているらしい。嘘もつけず、光春は肩をすぼめて駿也と遭遇したことを打ち明けた。

喫茶店でのやり取りを簡単に告げた後、光春はちらりと蘇芳を見遣《みや》る。

「……駿也さんは、蘇芳さんの元カレだって言ってましたが」

念のため確認すると、溜息交じりに肯定された。

「半年ほど前に別れた相手です」

「背中に靄のようなものを背負っていたのは？」

「浮遊霊の類ですね。あいつはそういうものを集めやすい体質なんです。今も変わっていないようですが」

溜息交じりに呟いた蘇芳に、光春は深々と頭を下げた。

「蘇芳さんのマンションを勝手に教えてしまって、申し訳ありませんでした」

膝に頭がつくくらい深く頭を下げる光春を見て、蘇芳が慌てたように身を乗り出してきた。

「いいんです。あいつがここまで来たというなら、遅かれ早かれ住所はバレていたでしょうから。あいつのことですから、早朝や深夜に駅前をうろついて俺を見つけるのも時間の問題だったと思います」

「そこまでするでしょうか……？」

「するでしょうね。あいつはヘビみたいに執念深い男なので」

駿也を語る蘇芳の顔はひどく苦々しげだ。別れたとはいえ、かつての恋人にそんな顔をするのかと意外に思った。

光春の表情が強張ったことに気づいたのか、蘇芳が声を低くする。

「あいつから何か聞かされました？」

「え、いえ、もう一度蘇芳さんと会いたいと……。でも連絡が取れないって言ってましたが」

「無視してますからね。他には？」

本当に無視をしているのかという驚きと、他に何を聞かされたと思ってこんなに怖い顔をしているのだろうという疑問が胸に押し寄せる。

蘇芳は別れた相手に対しては冷淡になる、と駿也は言っていた。そのことも伝えておくべきだろうか。さすがに本人の前でそれを言うのは失礼か。

蘇芳は光春の言葉を待っている。嘘はつけず、さりとて黙っていては間が持たず、苦しまぎれに駿也の窮状を訴えた。

「駿也さん、背中に黒い靄のようなものを背負って苦しそうにしてました。蘇芳さんに会えば楽になるって言ってましたけど……助けてあげないんですか？」

蘇芳は一瞬だけ沈黙したものの、きっぱり「助けません」と答えた。

「でも、前は祓ってあげていたんですよね？」

「あの頃は、それなりに思うところもありまして。でももう別れた相手ですから」

眉一つ動かさず言いのけられて、光春の方が口ごもってしまった。

蘇芳はいつも光春に甘い。光春が妙なものに取り憑かれやすいせいもあり過保護なほど心配してくるので、誰に対しても手厚くフォローをしているのだろうと思っていたが、違うのか。

（別れた相手には冷たくなるって、本当だったとか……？）

今は蘇芳とつき合っているから優しくしてもらっているだけで、別れたら自分も駿也のように連絡ひとつ受けてもらえなくなるのだろうか。そんな想像をして目を伏せると、膝の上に置いていた手にそっと蘇芳の手が重ねられた。

「俺はもう、単なる花屋でしかありません。昔の知り合いに頼まれたからといって、祓い屋の真似事をするつもりはないんです」

「でも、僕にはいつも……ついさっきだって」

「それは、貴方だからですよ。貴方のためなら労は厭《いと》いません」

そう言って、蘇芳はしっかりと光春の手を握りしめる。

「もう少し自覚してください。俺にとって、貴方は特別なんです」

どきりとした。だがそれは、いつものように蘇芳の言葉に胸をときめかせたからではない。

特別という言葉が、今日ばかりは小さな棘のように胸に引っかかる。

駿也も蘇芳とつき合い始めた頃は、『貴方だけ』『貴方は特別』と浴びるほど言われたと言っていた。それが今では電話にすら出てもらえないのだ。未来の自分の姿を見てしまった気がして蘇芳の手を握り返せない。

「俺の知り合いがご迷惑をかけたようで失礼しました。今日はもう、外にご飯でも食べに行きましょうか」

ぎこちない仕草で頷きつつ、蘇芳は別れた恋人のことを単なる「知り合い」と言うのだな、と頭の片隅で思った。

遠い未来、自分も同じようにそっけなく「知り合い」なんて言われる日が来るのだろうか。

想像したら、背中から肩の辺りがずんと重くなった。

見る間に丸まっていく光春の背を蘇芳が優しく叩いてくれる。

先ほどはそれだけで背中に張りつく重たいものが軽くなったのに、今度のそれはしつこく光春の中に居座り、一向に消える兆しがなかった。

光春には長年、相談事を打ち明けられる相手というものがいなかった。言ったところで理解してもらえない。

それでも高校のときに一度だけ、仄かな希望を抱いて友人に不安を打ち明けたことがある。誰もいないのに何かに見られている気がする、と。

だが相手はそれを怪談の一種と捉えたらしく、一笑に付されて終わってしまった。

以来ずっと、身の回りでおかしなことが起こっても誰かに相談することができなかった。どうせ自分の言葉は嘘くさい。信じてもらえるわけがない。

そんな中、光春の言葉に親身に耳を傾けてくれたのが蘇芳だった。

蘇芳は光春の顔色をよく見ていて、怪異にまつわること以外でも光春がふさぎ込んでいるとすぐに声をかけてくれる。どうしました、と優しい声で問われるとついつい光春の口も緩み、つき合い始めてからは怪異絡みのことばかりでなく、仕事の相談をしたり弱音をこぼしたりするようになっていた。

そのせいか、悩み事があるとついふらふらと花屋に足が向いてしまう。

金曜日、仕事を終えて自宅の最寄り駅まで戻ってきた光春は、無意識に商店街に向かっている自分に気づいて溜息をついた。

まだ蘇芳に片想いをしていた頃から、毎週金曜は蘇芳の店で花を買っていた。その習慣は未だに続いているが、今日は店に寄らないつもりでわざと定時過ぎまで仕事をしてきたのに。

光春が駿也と遭遇してから、明日で丸一週間が経つ。あれ以来駿也の姿は見かけていない。

そして光春も、蘇芳から少し距離を置くようにしていた。

と言っても、これまでのように電話やメールでのやりとりはするし、仕事帰りに花屋が開いていれば外から軽く挨拶をしたりもする。ただ、これまでのように平日まで蘇芳の部屋に泊まりに行くのをやめただけだ。

どうしても、駿也の言葉が頭から離れなかった。

蘇芳が他人を弄《もてあそ》ぶ人間だとは思わない。一方で、そういう理由なら平凡で面白みのない自分が蘇芳に選ばれたのも納得できてしまう。蘇芳のような見目麗しく目端の利く男がなぜ自分を、と常々不思議に思っていただけに、駿也の言葉をそう簡単に一蹴することができなかった。

他人の言葉で蘇芳を疑ってしまうのが後ろめたく、それを蘇芳本人に看過されてしまうのも怖い。だから今日は店に顔を出さず帰るつもりだったのだが、どうしたら迷いを振り切れるのだろうと悩んでいたら自然と足が商店街に向いていた。蘇芳を信じきれていないくせに甘えている自分に自己嫌悪すら覚える。

（僕も駿也さんみたいに蘇芳さんを頼って、利用しているのかな……）

考えすぎるあまり、自分の本心すら見定められなくなっている。自家中毒でも起こしている気分だ。

そろそろ道の向こうに花屋が見えてきて、光春は腕時計に視線を落とした。十九時を十分ほど過ぎている。もうシャッターは下りているかもしれないと思ったが、蘇芳の店はまだ開いていた。レジカウンターの奥には蘇芳の姿もある。

一声かけるべきか、もう営業時間は過ぎているのだからこのまま通り過ぎるべきか。

迷って足が鈍ったところで、商店街を強い風が吹き抜けた。

スラックスの裾がはためいて、足元を何かが一斉にすり抜けていくような錯覚に襲われる。

ワイシャツの襟が煽《あお》られ、首の裏を紐状のものが滑っていった気がして思わず声を上げたら店内にいた蘇芳がこちらを見た。

商店街を吹き抜けた風はすぐに去り、静けさを取り戻した店先に笑顔の蘇芳が現れる。

「いらっしゃいませ。今週も花を買いに来てくれたんですか？」

「そのつもりだったんですが、もう閉店の時間では……？」

「構いませんよ。遠野さんは特別です」

「そ、う……ですか」

特別という言葉に過剰反応して、上手く表情が作れなかった。少し前まで嬉しく感じていたのに、今はその言葉を蘇芳が口にするたび緊張が走る。

光春が店に入ると、蘇芳は当たり前のように店のシャッターを半分閉めた。これでもう、他の客が店内に入ってくることはない。二人きりの空間でいつものように花を選ぶ。

蘇芳に包んでもらった花束を受け取り、代金を払って「それじゃあ」と帰ろうとしたら、蘇芳に腕を摑んで引き留められた。

「今日はうちに寄ってくれないんですか？」

演技ではなく残念そうな声と表情にうろたえる。今週の火曜日も会社帰りに花屋の前を通りかかったらこんなふうに蘇芳に引き留められ、心を鬼にして誘いを断ったばかりだ。

今回も蘇芳と一緒にいたい気持ちを押し殺して頷くと、そっと腕を引かれた。

光春が胸に抱えている花束が潰れないよう、蘇芳はごく弱い力で光春を抱きしめる。

「明日は会えますか？　店を閉めた後にでも」

胸の辺りでかさかさと花束が音を立てる。今日蘇芳が包んでくれたのはダリアだ。大ぶりなダリアの花びらは内側が落ち着いたサーモンピンクで、外に行くほど白に近くなる。ダリアの隣に白いバラを添え、少しくすんだ色味のグリーンと、チョコレート色のワレモコウで全体をまとめたシックな花束だ。

花は綺麗だし、蘇芳の声は優しいし、背中に回された腕は温かくて心地いい。うっかりふらふらと頷いてしまいそうになり、慌てて首を横に振った。

「いえ！　今週は、溜《た》まっていた家事を片づけておきたいので……！」

花束に目を落とし、なるべく蘇芳の顔を見ないように早口でまくし立てた。

本当は光春だってできるだけ蘇芳のそばにいたいし、毎週でも蘇芳の部屋に泊まりたい。けれどそうやって毎回誘いに応じていたら、ちょろい恋人だと思われそうだ。そのまま飽きられて別れ話など切り出されないか不安だった。

別れた恋人に対する蘇芳の態度が思いのほか冷淡だったせいか、最近妙な不安に駆られてばかりだ。それを払拭せんがために蘇芳と距離を置いているわけだが、それが正しいアプローチなのかどうかすらよくわからない。

それでも、蘇芳と長く一緒にいるために何かしないではいられなかった。

所詮は恋愛初心者の悪あがきだ。もう一押しされたら抗える気がしなかったが、蘇芳はそれ以上食い下がることなく、ゆっくりと光春を抱く腕をほどいた。

「そうですよね。ここのところずっと俺の部屋に呼んでしまって、家のことまで手が回りませんでしたね。すみません、つい……浮かれてしまって」

見上げた蘇芳は照れくさそうに笑っていて、危うく「やっぱり僕も一緒にいたいです！」と口走ってしまいそうになった。

唇を嚙《か》みしめる光春には気づかず、蘇芳は身を翻してバックヤードに向かう。

「遠野さんに渡したいものがあったんです。ちょっと待っててくださいね」

蘇芳のそばにいたがる自分をなんとか抑えつけ、光春は深い溜息をつく。花束に吐息が触れて、またかさかさと音がした。

改めて花束に視線を落とす。蘇芳が花束に使うグリーンは新緑のようなみずみずしい色合いのものが多かったが、こんなふうにくすんだグリーンを使うのは珍しい。下手をすると地味な印象になってしまいそうなところを上手にまとめている。

花束の持ち手にはループリボンまでついていた。以前と比べると格段に形が整っている。

（あれからずっと練習してたのかな……）

光春が店に入る前もレジ奥で何か作業をしていたようだった。

ちらりとレジカウンターの奥に目をやって、光春は目を見開いた。

思った通り、カウンターにはリボンやワイヤー、ハサミが置かれている。その向こうに、大きな花かごが一つ置かれていた。鉢植えが軽々と入りそうな大きいかご一杯に入っていたのは、赤やピンクや水色の、色とりどりのループリボンだ。

リボンの太さも様々なら、ループの数もばらばらだ。前に見たときは蝶結びを膨らませたようなごく基本的なループリボンすら歪ませていたのに、今や大輪の牡丹を髣髴《ほうふつ》させるボリュームのものすら作れるようになっている。他にもリボンを二枚重ねたものや、オーガンジーのような柔らかくて扱いにくい素材を使っているものさえあった。あれからずっと練習を続けていたのか。

もう一度、手にした花束に目を落とす。

端正に結ばれたループタイと、スタイリッシュにまとめられた花。

寺に生まれ、僧侶になるべく修行を重ね、おそらく花とは縁遠い生活をしてきたのだろう。にもかかわらずこうして花の合わせ方を研究し、ラッピングの練習も続けている。

本気でこの花屋を続けようとしているのだ。実家から大口の発注もあるのだし、適当に店番をしていても廃業の憂き目には遭わないだろうに。

華やかな笑顔と振る舞いに隠されて見逃してしまいがちだけれど、蘇芳は人の見ていないところで黙々と努力している。それをひけらかすこともない。

(こんなに誠実に花屋と向き合おうとしてる人が、遊び目的で恋人を作ったりするかな……)

努力の結晶のような花束を眺めてそんなことを考えていると、蘇芳が店先に戻ってきた。

「お待たせしました。よかったら、このお守りを持っていってくれませんか?」

そう言って蘇芳がカウンターに置いたものを見て、光春は小さく息を呑んだ。

蘇芳が差し出したのは、小さな赤い袋を金色の紐で縛った匂い袋だ。駿也が持っていたものと色違いにしか見えない。

「……これは、魔除けのお守りですか?」

「ええ。匂い袋なんですが、持ち歩いていれば悪いものを遠ざけてくれるはずです。相変わらず商店街の周辺に妙な気配が漂っていて心配で。アサミさんも離れてしまいましたし、一緒にいられないならせめてそれを持っていてくれませんか?」

光春はカウンターの上の匂い袋を見詰めるばかりで、なかなか手を伸ばすことができない。昔の恋人に贈ったものと、まったく同じものを贈られてしまった。

だがこれはクリスマスや誕生日のプレゼントとは違う。どちらかというと非常用の緊急避難セットに近い代物だ。だから同じものをもらったとしてもおかしなことは何もない。

頭ではわかっていてもなかなか動けなかった。自分の心に折り合いをつけられずにいると、「どうしました」と蘇芳に不思議そうな顔を向けられた。

「いえ、なんでもありません。ありがとうございます」

前の恋人のことを気にしているなんて知られたら面倒な奴だと思われそうだ。余計なことは言わず匂い袋に手を伸ばした光春だが、物問いたげな顔の蘇芳を見て動きを止めた。

蘇芳は自分の言葉を待ってくれている。でもここで言葉を呑み込んだら永遠に伝わらない。迷う気持ちを後押ししてくれたのは、蘇芳から手渡された花束だ。

蘇芳は真摯に花屋という仕事に向き合っている。自分に対してもそうだと思いたい。面倒くさい奴だと思われたくない気持ちより、自分の本音を知ってほしい気持ちが僅差で上回り、光春は思いきって口を開いた。

「そ、それと同じ匂い袋を、駿也さんも持っていたので……」

気になる。もやもやする。

上手く言葉にできない。これまで自分の気持ちを言葉にしようとしてこなかっただけに、まだ他人に伝えることに慣れていない。

それでもやっぱり、蘇芳にはわかってほしくて必死で言葉を探した。

「やきもちを、焼きました」

ひどく小さな声になってしまったが、静まり返った店内ではしっかり蘇芳の耳にも届いたようだ。蘇芳が息を呑む気配がして、大慌てで「わかってます！」と声を張り上げた。

「魔除けのお守りですもんね！　停電のときに懐中電灯を渡すようなもので、誰が相手でも同じものを渡すことはわかってるんです！　ほ、本当にただの、嫉妬みたいなもので……いえ、嫉妬なんですが、お気になさらず――……」

支離滅裂になっていく言葉を立て直すこともできず、言葉尻が弱々しく立ち消える。

向かいに立つ蘇芳は何も言わない。傍らのレジカウンターには匂い袋が放置されたままで、やはり余計なことなど言わなければよかったと後悔した。

今更匂い袋に手を伸ばす度胸もなく俯いていると、蘇芳がこちらに向かって両手を差し出してきた。しばらくその手を眺め、ようやく花束を渡すよう促されていることに気づく。

まさか返せということか。よほど面倒な相手だと思われたのか、このまま別れ話に一直線か、自分も駿也と同じような扱いを受けることになるのかと目まぐるしく考えながら、青い顔で蘇芳に花束を手渡した。

蘇芳は花束を傍らのレジカウンターに置くと、再び両手を伸ばして物も言わず光春を抱きしめた。

今度は間に花がないので手加減なしだ。痛いくらい強く抱きしめられ、光春は蘇芳の肩口で目を白黒させる。よく見ると蘇芳の肩が震えていた。次いで、笑いを含ませた声が耳を打つ。

「妬《や》いてくれたんですか？　嬉しいな」

「そんな、喜ばれるようなことでは……」

「嬉しいですよ」と重ねて言って、蘇芳が光春の髪に頬ずりしてくる。顔は見えなくても、声の調子から本気で浮かれているのが伝わってきて顔が熱くなった。

「む、むしろ面倒なことを言ってしまって、申し訳なく……」

「面倒だなんてとんでもない。本音を教えてもらえて嬉しいです」

他の言葉を忘れたように、嬉しい、と蘇芳は繰り返す。出会った頃の光春は言葉を呑み込む癖があったので、その変化を喜ばれているのかもしれない。

想定していなかった反応にまごまごしていたら、ようやく蘇芳の腕が離れた。

「でも確かに、昔の恋人に渡したものと同じお守りを用意するなんて無神経でしたね。すみません、これは持ち帰ります」

「いえ！　せっかく蘇芳さんが僕のために用意してくれたんですから、ありがたくいただきます！　本当に、必要だから渡してくれたのはわかってるんです！」

慌ててカウンターから匂い袋を取り上げて力説すると、困ったような笑みを向けられた。

「だったらせめて、次からはもう少し形状の違うものを用意します。それから、もう貴方以外の人にこういうものは渡しません」

「いえ、決してそんなことを望んでいるわけでもなく……！」

困っている相手に手を差し伸べようとする蘇芳の行動を止めたいわけでは決してないのだ。むしろ助けてあげてほしいとすら思う。

そう伝えると、蘇芳にますます困ったような顔をされてしまった。

「だったら、駿也と会ってもいいんですか？」

蘇芳の口から駿也の名前が飛び出した瞬間、心臓がぎゅっと固くなった。

蘇芳はいつも光春を苗字で呼ぶ。下の名前で呼ばれるときはベッドに誘われるときがほとんどだ。そのせいか蘇芳が駿也の名前を呼んだだけで、かつての二人の関係を生々しく想像してしまってとっさに声が出なかった。

もしも二人を再会させて、駿也がなりふり構わず蘇芳との復縁を迫ってきたらどうしよう。光春の前では飄々《ひょうひょう》とした態度を崩さなかった駿也だが、駅前をうろついて蘇芳の自宅を突き止めた執念は本物だ。蘇芳と二人きりになったらどんな行動に出るかわからない。

「それは……会ってほしくはない、ですが」

口にしてから、めちゃくちゃだ、と頭を抱えた。

困っている人がいたら自分のことなど気にせず手を差し伸べてほしいと思う。だが、別れた恋人と蘇芳が会う様子をきちんと想像してみたら、嫌だと思う気持ちが溢《あふ》れてきてしまった。

支離滅裂なことを口走っている自分に呆れ、恐る恐る蘇芳に目を向ける。閉口した顔をされているかと思いきや、意外にも蘇芳はおかしそうに笑っていた。少しつつけば光春自らこういう結論に辿り着くことをわかっていたのかもしれない。

緩く握った拳で口元を覆って笑う蘇芳を直視できない。恥ずかしい。思いきって本音を口にしたはいいが、自分で自分の言葉に翻弄されてしまった。

いくら蘇芳が自分の言葉を大らかに受け入れてくれるからといって、なんでもかんでも口にすればいいというわけではないのだ。反省して、光春はしおしおと頭を下げる。

「すみません。もう少し自分の気持ちを整理してからお伝えします……」

二転三転する光春の言葉に嫌な顔をするどころか楽しそうに笑って、「お待ちしてます」と蘇芳は言った。


蘇芳に包んでもらった花束を手に店を出た光春は、そのまま自宅へ向かった。

金曜の夜に自宅へ帰るのは久々だ。翻って、ここのところどれだけ週末は蘇芳の部屋に入り浸っていたのか思い知る。

蘇芳に伝えた言葉を違《たが》えぬよう、この週末はせいぜい溜まっていた家事を片づけよう。決意も新たに夜道を歩いていたら、道の向こうに十字路が見えてきた。光春が歩くまっすぐな道と、緩くカーブした道が交差している。

十字路にはカーブミラーが立っている。何気なくそちらに目を向けてみたら、ミラーに人影が映っていた。光春から見て右手側の道から誰かが歩いてくる。作業着のような紺色のジャンパーを着て、黒っぽいキャップを目深にかぶった男性のようだ。

光春の意識はすぐにミラーから逸れ、ほどなく十字路までやってくる。

車などが来ていないか確認するつもりで道の左右に目を向けた光春は、あれ、と目を見開いた。

緩くカーブした道の右手側に、先ほどカーブミラーに映り込んだ男性の姿がない。

途中で横道にでも入ったのかと思ったが、見る限り一本道だ。車や自転車はもちろん、他の歩行者の姿もなく夜道は静まり返っていた。

違和感がざらりと胸をこすったが、単なる見間違いだろうと思い直して正面に顔を戻した。

しばらく歩くとまた十字路が現れる。今度も正面にカーブミラーが立っていて、そちらに目を向けた光春はぎくりとした。

右手側の道からこちらに歩いてくる人影がミラーに映っている。

今度もまた、紺のジャンパーを着て黒っぽいキャップをかぶった男性だった。

胸の中心に氷でも押し当てられたように、ひゅっと喉が鳴った。危うく足も止まりかける。

ひとつ前の十字路で見たのと同じ人物のように見えるが、気のせいだろうか。

光春はミラーに目を向けたまま歩を進める。男性の姿はすでにミラーから消えており、光春は足早に十字路に近づいて道の右手に顔を向けた。

（……誰もいない）

人通りのない夜道には街灯が点々と立っているばかりで、通行人の姿はない。

誰もいない夜道を見詰め、しばしその場に立ち尽くす。

なんだか気味が悪い。しかも間の悪いことに、自宅のアパートに着くまでにあともう一つ十字路がある。

迂回《うかい》すべきだろうか。でもどんなルートを歩いたところで、もうカーブミラーが気になって仕方ないだろう。何か映りこむのではとびくびくしながら夜道を歩くくらいなら、最短距離で帰りたかった。

（それに、蘇芳さんからもらったお守りもあるし）

光春はスラックスのポケットにそっと手を添える。指先で匂い袋の形を確かめ、怯《おび》えを振りきり十字路を渡った。

こんな日に限って目の前に延びる道には人がおらず、車も一台も通らない。

だんだんと速くなっていく鼓動を宥《なだ》め、大丈夫だ、と自分に言い聞かせた。

蘇芳に包んでもらった花束ががさがさと鳴る音と、光春の靴音だけが夜道に響く。

もうすぐ最後の十字路だ。あれを越えればアパートまでもういくらもない。

十字路にはやはりカーブミラーが立っている。見ない方がいい気がして俯いて歩いていたが、どうしても気になってちらりとミラーに目を向けてしまった。

遠くのミラーに、またしても人影が映っていた。紺色のジャンパーを着てキャップをかぶった男性だ。深く俯き、ゆっくりと十字路に近づいてくる。

ここまで同じことが続けばさすがに単なる見間違いではなさそうだ。同じ人物が先回りしているとも思えないし、やはり怪異の類だろうか。

光春は小さく身震いする。蘇芳に会うまで、人でないものを変質者だと思い込んでいただけにこの手の現象にはまだ慣れない。生身の人間と相対しているのとはまた違う気味の悪さだ。

(いや、でも、たまたまよく似た他人が歩いてるって可能性もあるし。そんなに珍しい格好をしてるわけでもないいんだから、似たような人がいても全然——……)

いよいよ十字路が近づいてきた。光春は道の右手に視線を向けようとして、やめた。

心臓がドドッと胸を叩いて、花束を握りしめる腕に汗が伝う。

ミラーに映った男性は、黒っぽいキャップを目深にかぶり、紺色のジャンパーを着ていた。

とりたてて珍しい格好ではない。

でも、本当にそうだろうか?

(——今は八月なのに?)

夏の盛り、会社帰りの光春が着ているのは半袖のワイシャツだ。夜になってもまだアスファルトは熱気を帯びて蒸し暑い。そんな時期に、ジャンパーなど着ている者がそうそういるわけがないではないか。

右側から季節を無視したような冷たい空気が流れてきた気がして、光春はそちらに向けかけた視線を無理やり前方に戻して十字路を駆け抜けた。

後ろも見ずに走り続け、自宅アパートまで戻ってくる。足音を気にする余裕もなく外階段を駆け上がると、慌ただしく玄関の鍵を開けて中に飛び込んだ。

とんでもない勢いで心臓が胸を叩いている。すぐには息も整わず、ドアに背中を押しつけて荒い呼吸を繰り返した。

鏡には映るのに直接目にすることができなかったあの人物は、やはり霊の類なのだろうか。

背筋の産毛がぞわりと立ち上がり、慌てて玄関のドアから身を離す。まさかついてくることはないだろうと思いつつ、ドアスコープに目を近づけてみた。

どうせ誰もいないだろうと高をくくっていたが、スコープを覗いて息を呑んだ。

真っ暗で何も見えない。

（……何かでふさがれてる？）

部屋に入るときはとにかく気が急《せ》いていたので、ドアスコープに目を向けた記憶もない。スコープの上に紙でも貼りつけられているのか。それならばまだいい。

もしも誰かがスコープを手で塞いでいたりしたら――そんな想像をして震え上がる。

どれほど耳を澄ませてみても外から人がいる気配は伝わってこない。けれどドアの向こうに何かいるのかもしれないと思ったら、とてもではないがドアを開けて外を確認する気にはなれなかった。

光春はドアの鍵がしっかりと施錠されていることを確認すると、念のためドアチェーンもかけてから玄関を離れた。よろよろとキッチンに立ち、蘇芳が作ってくれた花束をシンクに置いてポケットから匂い袋を取り出す。

こんなふうに目に見えておかしな事態に巻き込まれるのは久々だ。アサミを怒らせてしまったとき以来だろうか。

(なんでだ？　蘇芳さんからお守りをもらったばかりなのに……)

蘇芳のお守りでは防ぎきれないものが身近に迫っているということだろうか。それとも、お守りがあったからこの程度で済んでいると考えるべきか。

玄関を振り返ってみるが、何かがドアを叩くような気配もなく、室内は静謐《せいひつ》な空気に満ちている。匂い袋からは普段蘇芳がつけている香水と似た花の匂いがして、少しだけ肩の力が抜けた。とはいえ不安は拭いきれない。

怪異そのものより、蘇芳からお守りをもらった直後に怪異が訪れたことが不安だった。せめてもう少しタイミングが違っていればここまで心が揺れることもなかっただろうに。

溜息をついたら花束に息がかかって、かさりと小さな音がした。だが、完全に息を吐ききってもまだかさかさと音がする。目の前の花束からではなく、背後から聞こえた気がして振り向きかけたその瞬間、どうしてか駿也の言葉を思い出した。

『あいつああ見えて、自分になびかせるためならどんな手だって使う策士なんだから気をつけな』


　自分でも、なぜこんなタイミングで駿也の言葉を思い出してしまったのかわからない。けれどふいに蘇《よみがえ》ったその声は耳元で囁かれでもしたように鮮明で、動けなくなった。

　光春は手の中の匂い袋に視線を落とす。

　蘇芳に連絡をするべきだろうか。もらったばかりの匂い袋が効かないくらいの異常事態が発生していると訴えるべきか。

　そう考える一方、本当にこの匂い袋に魔除けの効果はあるのだろうかと疑ってしまう。

　お守りをもらった直後に夜道であんなものを見るなんておかしい。もしやわざと怪異への対処を緩めにして、光春から縋りついてくるように蘇芳が仕向けたのでは——。

（まさか、あり得ない。なんでこんなこと考えてるんだ、僕は？）

　我に返って首を振る。自分が後ろ向きな性格をしている自覚はあったが、それにしたってひどいことを考えてしまった。蘇芳が光春を危険にさらすような真似をするはずもないのに。

　自己嫌悪と、蘇芳に対する後ろめたさに苛まれ、とてもではないが蘇芳に助けを求めることなどできなくなってしまった。

（そもそも、そんなに急を要することが起きたわけでもないんだし……）

玄関を振り返るが、やはり特に異変はない。ドアスコープだって、外が見えないくらい大した被害でもない。

今日は早目に眠ってしまおうと決め、買ったばかりの花を花瓶に移し替えた。窓辺に置いた花に軽く手を合わせ、簡単な夕食を済ませて早々に寝支度を整える。

ときどき携帯電話に目がいって、蘇芳にメールだけでも送ってみようかという気分になったが、そのたびになぜか駿也の言葉が蘇った。

蘇芳を疑っているつもりはないのに、駿也の言葉が忘れられない。そんな自分の反応が申し訳なく、蘇芳には連絡もできないまま布団に潜り込んだ。

（大丈夫、もしかしたら全部気のせいかもしれないんだから）

蘇芳からもらった匂い袋を枕元に置き、壁を背にして目を閉じる。

夜道で見たものがなんだったのか考え始めると落ち着かなくなるので、あの男性はあの辺りで道路工事などをしていた作業員だったのだろうと無理やり思い込むことにした。そういう作業をしているなら真夏でも作業用ジャンパーを着ることだってあるだろうし、似たような格好の作業員が複数人うろついていても不思議ではない。

ドアスコープは明日確認しよう。案外どうということもない理由で見えなくなっていただけかもしれない。

ウトウトし始めたところで、背後でかさりと小さな音がした。なんの音だろう。光春は壁に向かって寝返りを打つ。

ベッドをつけた壁には腰高窓があり、夜はカーテンを閉めている。

ふと見ると、左右から引いたカーテンに細い隙間ができていた。ガラスの向こうに夜の闇が広がっている。閉めようかな、と思ったが、面倒なのでそのままにして瞼《まぶた》を閉じた。

思い直して目を開けたのは、背後から聞こえた物音の正体がわからないままだったことに気づいたからだ。暗がりにぼんやりと視線を漂わせたら、何かと目が合った。

一瞬どこから視線が飛んできたのかわからなかった。目を見開けば視界が広がり、カーテンの隙間からこちらを見ている何者かをしっかりと目が捉えた。窓の外に誰かいる。

驚愕《きょうがく》に声も出ず、勢いよく身を起こした。

風圧でカーテンが揺れる。忙《せわ》しない手つきでカーテンの端を掴み、力任せに引き開けた。

息を詰めて窓の外を凝視したが、外はのっぺりとした闇が広がっているばかりで誰かが立っている気配はない。

そもそもここはアパートの二階だ。足場もないのに外に人がいるわけもない。

でも、カーテンの隙間から確かに誰かがこちらを見ていた――気がする。

（……気のせい、だ）

光春は震える手でカーテンを閉める。今度は隙間もないようにしっかりと。

立て続けに気味の悪いことが起こって神経が過敏になっているのかもしれない。寝入り端に見た幻覚という可能性もある。再び横たわろうとして、枕元に置いておいた匂い袋に目がいった。慌ててそれを握りしめ、頭からブランケットをかぶる。

（蘇芳さんからお守りをもらってるのに、なんで？）

ブランケットの下はあっという間に熱気に包まれ、花の香りが強くなった。まるで温室にいるようだ。額に汗がにじんでいるのに、壁に向けた背中はうっすらと寒い。

暑さのせいか緊張のせいか、その晩はなかなか寝つくことができなかった。


翌朝、光春《みつはる》は鈍い頭痛で目を覚ました。

昨晩は早めに布団に入ったのに、妙なものを見てしまったせいか目が冴《さ》えて遅くまで眠れなかった。その後も眠りは浅く、なんだかろくに寝た気がしない。

重い体を引きずってベッドを出ると、まずは玄関へ向かった。

恐る恐るドアスコープを覗《のぞ》いてみる。まだ何かにふさがれたままだったらどうしようかと思ったが、なんの問題もなくアパートの外廊下が見えた。おっかなびっくりドアを開けて外に出てみるが異変はなく、ドアスコープを何かが覆っている様子もない。

ほっとする半面、昨日はどうして外が見えなかったのだろうという疑問は残る。

　首を傾《かし》げながら部屋に戻ろうとして、光春はドアノブに目を留めた。

（……なんだろう、この傷）

　玄関の外側についたドアノブには、当然鍵穴がついている。その穴の周りに、無数の傷がついていた。何か硬い物——例えばドライバーの先端を何度も鍵穴の周りに打ちつけたら、こんな傷ができそうだ。

　瞬間、十字路のカーブミラーに映った男性の姿を思い出した。黒っぽいキャップと、作業着のような紺色のジャンパー。胸元にドライバーの一つや二つ入れていてもおかしくない格好だった、と考え、慌てて首を横に振る。自ら恐怖を煽《あお》るような想像をしてどうする。

（やっぱり、蘇芳《すおう》さんに連絡してみようかな）

　部屋の中に戻り、携帯電話を手に取って思案する。

　蘇芳はこの手の現象に詳しい。すぐにでも相談するべきだ。

　そう思うのになかなか行動に移せないのは、耳の奥で何度も駿也《しゅんや》の声が蘇《よみがえ》るからだ。

　蘇芳から匂い袋をもらったとたん怪異に襲われた。その事実と、蘇芳は策士だという駿也の言葉が入り混じって光春をがんじがらめにする。

（それに、今の時間は店を開けたばかりで忙しいかもしれないし……）

　後にしよう、と携帯電話をベッドの上に放り投げた。どうせなら店が終わる頃に連絡した方が仕事の邪魔にもならないだろう。

溜《た》まっていた洗濯物を洗濯機に入れスイッチを入れる。ついでに部屋の掃除もした。部屋はみるみる片づくが、気持ちは晴れるどころか暗くなる一方だ。

自分でも、問題を先送りにしている自覚はあった。どうして蘇芳に連絡するのを躊躇《ちゅうちょ》してしまうのだろう。駿也の言葉がこんなに胸に食い込んでしまうのも不思議だ。

『あんたみたいに真面目で色恋に疎そうな人がころっと騙《だま》されるんだよ』

また耳の奥で駿也の言葉が蘇る。

自分は恋愛に不慣れだし、取り立てて目を惹《ひ》くような容姿でもない。対する蘇芳は色恋の手管に長《た》け、恋の相手など引く手あまただ。そんな相手に本気で惚《ほ》れ込まれていると思うより、遊ばれていると思った方がまだ腑《ふ》に落ちた。

洗濯が終わるのを待ちながらベッドに腰かける。

駿也の言葉が頭から離れない。こんな状況で蘇芳と会って、まともに話ができるだろうか。

（やっぱり、しばらく会わない方がいいんじゃ……？）

頭の芯が締めつけられるように鈍く痛んで、背中からベッドに倒れ込んだ。

目を閉じて溜息《ためいき》をつく。自分はどうしてこう後ろ向きなことしか考えられないのだろう。こんなことでは蘇芳にもいつか愛想を尽かされてしまう。

子供の頃もそうだった。最初は親身になって耳を傾けてくれた人たちも、そのうち胡散臭《うさんくさ》そうな顔で自分から離れていってしまうのだ。

脱衣所で洗濯機が回る音と、エアコンの音が入り混じって低いノイズになる。耳に馴染《なじ》んだ生活音に紛れ、何かがするするとシーツの上を滑る音がした。

ベッドの隅に引っ掛けておいたタオルか何かが自重で床に落ちていく音だろうか。微《かす》かな音はすぐにエアコンの音に掻《か》き消され、代わりに記憶の底から浮き上がってきたのは、かつて光春にかけられた心無い言葉たちだ。

光春が周囲から虚言癖を疑われていた頃、教室のそこここで聞こえた小さな声。

また嘘《うそ》ついてるよ、と囁《ささや》く声に、信じられない、と笑う声。どうしてあんな嘘を、と本気で光春を案じる声は、わかんない、気持ち悪い、という嫌悪の言葉で切り捨てられる。

どうせ何を言っても信じてもらえない。全身から血が抜けていくような無力感を思い出す。

急に胸の辺りがずしりと重くなって、息苦しさに低く呻《うめ》いた。大きく息を吸い込もうとしても上手《うま》くいかず、起き上がろうにも指先を動かすことすらできない。

この息苦しさには覚えがある。周りが光春の言葉を信じてくれなくなって、言うだけ無駄なのだと悟った後、口にしかけた言葉を呑《の》み込むたびに感じていた苦しさだ。

角のない、滑らかな小石を呑み込むように言葉を呑んだ。大した内容でもないことでも、毎日呑み込み続けていれば腹の底が重くなる。他人と会話をすることが億劫《おっくう》になって、極力自分の意見を口にしないようになった。

腹の底にたまった石は喉元に迫り、気道をふさいで息が詰まる。

苦しい。誰かに相談したい。

でもどうせ信じてもらえない。だから言えない。嘘つき呼ばわりされるくらいなら黙っていた方がいい。たとえそれで苦しい思いをしたとしても。

思考が閉じていく。もうこのまま、誰とも関わりたくない。

蘇芳でさえも――。

その名を頭の中に浮かべたら、瞼《まぶた》の裏に蘇芳の横顔が浮かんだ。その顔がこちらを向いて、花がほころぶように柔らかく微笑《ほほえ》む。

思い出したら、鼻先を甘い香りが過《よぎ》った。蘇芳がいつもまとっているみずみずしいバラの香りだ。

ふっと空気が動いて、肩の強張《こわば》りが解けていく。花の香りに覚醒を促されるように頭痛が引いて、ゆっくりと瞼が開いた。

脱衣所から、洗濯機が脱水の終了を告げる音がする。首を巡らせたら視線の先に赤い匂い袋があった。昨晩握りしめたまま眠り、起床後は枕元に置いておいたのだ。

仄《ほの》かに甘い香りが漂ってきて深く息を吐いた。体の強張りが解ける。この香りが、夢に忍び込んできた悪いものでも追い払ってくれたのだろうか。

ぼんやりと視線を巡らせたら、窓辺の花瓶が目に入った。昨日蘇芳の店から買ってきた花が生けられている。日差しに透ける花びらを眺め、ゆっくりと視線を落とした光春は花瓶の下に置かれていたリボンに目を留めた。

　一つは緑色のリボンだ。まだ蘇芳がループリボンを作る練習を始めたばかりの頃に作ったそれは結び目が固すぎてリボンに皺《しわ》が寄り、左右非対称に歪《ゆが》んでいる。

　蘇芳が花かごにくくりつけてくれたそれを、光春はかごから外して花瓶の横に置いていた。一緒に作った思い出ごと残しておくつもりで。

　その隣にはもう一つ、昨日花束につけてもらった茶色いリボンが置かれている。光沢のあるリボンはつるつると滑って扱いにくかっただろうに、ループの数は格段に増えていた。それでいてリボンには歪みもなければ皺もない。

　誰に言われたわけでもないのに、たくさん練習したのだろう。上達してもそれをひけらかそうとしない。最初からこれくらいできて当然と言わんばかりの自然さで、美しく整えた花を手渡してくる。

（……誰に言われたわけでも？）

　ふと、店先で蘇芳と交わした会話が蘇った。

　光春の作ったリボンを褒めてくれた蘇芳に、照れ隠しで自分はこんなことを言わなかっただろうか。単に慣れの問題で、蘇芳だって練習すればすぐ上手くなる。数をこなせばいいのだと。

　花かごから溢《あふ》れそうなリボンの山を思い出し、光春はゆっくりと目を見開く。

　十分整ったループリボンを作れるようになってもなお蘇芳が黙々とリボンを作り続けていた

のは、自分の言葉を忠実に実践してくれていたからか。

蘇芳はいつも、自分の言葉に耳を傾けてくれる。

光春自身忘れていたような他愛のない言葉すら聞きとめて、捨て置かずにいてくれる。

僕は、と掠《かす》れた声で呟《つぶや》いて、光春はぐっと唇を嚙《か》みしめた。顔を上げ、声には出さず胸の内で宣言する。

(僕は蘇芳さんの言葉を信じよう)

駿也ではなく、蘇芳の言葉を信じたい。

思えば自分は、まだ蘇芳本人から直接話を聞き出してすらいない。信じる以前の問題だ。そんなことにようやく思い至って悔恨の声を嚙み潰した。自分がどれほど駿也の言葉に翻弄されていたのか思い知る。

蘇芳を信じると決めたからには、まず本人から話を聞かなくては。

(お店が終わる頃、蘇芳さんのところに行こう)

万が一にも決意が覆らぬよう、光春はベッドに放り投げていた携帯電話を手に取って『お仕事の後、少しお話がしたいです』と蘇芳にメールを送った。

昨日は誘いを断ったくせに、何を今更と突っぱねられるだろうか。そわそわしながら待っていると、間を置かず返信があった。

『喜んで』とただ一言。でもその文字を見ただけで嬉《うれ》しそうに笑う蘇芳の顔が想像できて、光春は勢いよくベッドから立ち上がった。

夜になったら蘇芳に会いに行く。

それまでに、溜まっていた家事は全て片づけてしまおうと思った。

洗濯物は終わった。家の中の掃除もした。花の水も替えたし、アサミのために手も合わせた。

うっすらと寺の鐘の音が聞こえてきた頃、光春は満を持してアパートを出た。

西の空にわずかな光が残っているだけで、外はすっかり薄暗い。まっすぐ商店街に向かおうとして、途中にある十字路を思い出した。

またあの十字路を通ったら、カーブミラーに妙な人影が映ったりしないだろうか。

迂回《うかい》すべきか。でも早く蘇芳に会いたい。気持ちが定まらないうちに十字路が見えてきた。

まだ夜遅い時間でもないのに、十字路には人気《ひとけ》がなく、車の通りもない。

覚悟を決め、光春は足を速める。

カーブミラーに目を向けぬよう一気に十字路を渡ろうとしたら、右手から飛び出してきた何かが光春の前に立ちはだかった。

現れたのは、黒いキャップをかぶった背の高い男性だ。辺りが薄暗かったせいもあり、直前まで誰かが近づいてくることすら気づいていなかった光春は短い悲鳴を上げる。

カーブミラーに映った作業着姿の男性と、玄関のドアノブについた無数の傷を思い出して腰を抜かしそうになったが、相手はむしろ光春の悲鳴に驚いたように後ずさりをして、かぶっていたキャップを脱いだ。

「ごめん、驚かせた？　俺だって」

キャップの下から現れたのは白に近い金髪だ。ブルーグレイのコンタクトを入れた派手な美貌を見て、光春は全身を脱力させた。

光春の行く手をふさいでいたのは駿也だ。昨日カーブミラーに何度も映り込んだ男性とは違う。着ているものも作業着のようなジャンパーではなく、半袖のTシャツだ。

「どうしたんです、こんな所で……」

相手が生身の人間だったことにホッとして声が掠れた。

光春が落ち着きを取り戻したと見て取ったのか、駿也は苦笑とともにキャップをかぶり直す。

「それがさぁ、あんたと会った後も何度か恭介《きょうすけ》に連絡したんだけど、相変わらずなんの返事もないんだよね。でもやっぱり、どうしても会いたくて」

もしやとその背後を窺《うかが》ってみると、思った通り黒い靄《もや》が駿也の背中を覆っていた。前回光春がほとんどの靄を引き受けたはずなのだが、ほんの一週間でまた同じくらいの霊に取り憑《つ》かれている。

あれを背負っている間、光春も体が重かったり頭が痛かったりしたので、駿也が辛《つら》いのは想像がつく。霊が原因なら病院に行ったところで効果はないだろうし、どうにかしてくれるのは蘇芳だけとなれば、別れた後だって会いたくなるだろう。

「相変わらず恭介の仕事先もわかんないしさ。マンションの前で張っててても、タイミングが悪いせいか全然あいつの姿を見かけないし。あいつ本当にあのマンションに住んでるんだよね？　もしかして裏口とか存在する？」

蘇芳の住むマンションは地下に駐車場がある。駐車場の入り口はエントランスとは反対側だ。もしかすると蘇芳は駿也を警戒してそちらから出入りしているのかもしれないが、それこそ自分が口外していいことではない。無言を貫いていると、駿也が思いもかけないことを言った。

「どうしても恭介と連絡が取れないから、あんたからお願いしてもらえないかと思って」

「僕ですか？」

「そう。恭介にさ、ちょっとでいいから俺と会ってくれないか頼んでもらえない？　そのためにこの辺ウロウロしてたんだよ。確かあんた、北口に住んでるって言ってたから。駅から十五分とか言ってたし、この辺かなぁと思って」

前回ぽろっと光春がこぼした言葉を覚えていて、わざわざこの周辺を歩き回っていたらしい。一口に駅から徒歩十五分と言ってもその範囲は広い。挙句、光春がいつ外に出てくるかもわからないのに黙々とこの一帯を歩き回っていたのか。

駿也はそれを苦にした様子もないが、光春はいくらか空恐ろしい気分になった。以前蘇芳が駿也に対して言っていた、ヘビのように執念深い男、という言葉を思い出す。

「ねえ、頼むよ。あんた恭介とつき合ってんでしょ？　別に略奪しようとかそんなことは考えてないからさ、とにかく一度会ってほしいって、それだけ伝えてくれる？」

詰め寄られ、光春は目を泳がせる。

蘇芳の意志を無視して承諾してしまっていいものだろうか。だが、駿也の背後に漂う黒い靄を見ていると無下に断るのも気が引ける。駿也の体調が悪いのは事実だろうし、顔色も悪い。

（せめてあの霊だけでも引き受けてあげれば……）

倦怠感《けんたいかん》が去れば、前回のように駿也もあっさり引き上げていくかもしれない。今後の駿也への応対については、後で改めて蘇芳と話し合おう。

光春はそっと駿也に寄り添って、その腕に手を添える。

「あの、ちょっと……こちらに」

人通りの少ない道とはいえ、道端で男同士が身を寄せ合っていては目立ちそうだ。駿也の腕を引き、横道に入ろうとしたらいきなり肩を抱き寄せられた。

先に腕を引いたのはこちらだが、思ったよりフレンドリーな仕草に驚いて足が止まった。その間も、肩に回された駿也の腕からするすると黒い靄が伝ってくる。靄は冷気をまとっていて、あっという間に背筋が寒くなった。

「ねえ、あんたの家ってこの近くなんだよね？」

駿也の背負った靄がどんどんこちらに流れてきて、光春の顔が青ざめる。反対に駿也は血色がよくなって、声の調子も軽くなってきた。

「よかったら部屋に連れてってよ。ゆっくり話さない？」

「そ、それなら、駅前の喫茶店に……」

「なんで。あんたの部屋に行きたいって言ってんのに」

光春の肩を抱いたまま、駿也は身を屈《かが》めて光春の耳元で囁く。

耳朶《じだ》に生温かい息がかかり、驚いてとっさに駿也から飛び退《すさ》った。

光春の肩にかけていた腕を宙に浮かせた状態で、駿也はきょとんとした顔をする。

「あれ、俺に気があるんじゃなかったの？」

「どっ、どうしてそんな話に……？」

「だって今腕組んできたし、喫茶店で会ったときもさり気にボディタッチとかしてきたから、てっきり誘われてんのかなーって」

「僕は蘇芳さんとおつき合いしてると言ったはずですが……！」

伝わっていなかったのか。それとも信じてもらえなかったのか。困惑する光春を見て、駿也はおかしそうに笑う。

「知ってるけど、それとこれとは話が別っていうか。ちょっとくらい別の相手と遊んだっていいじゃん？」

スナック菓子でも口に放り込むような気楽さでとんでもないことを言われ、光春は愕然《がくぜん》として目を見開く。それを見て、駿也はますますおかしそうに声を立てて笑った。

「やっぱあんた真面目だなぁ。本当にそれで恭介とつき合ってんの？　あいつ、俺とつき合ってるときも結構いろんな相手をつまみ食いしてたけど」

「まさか、そんな――……」

「ゲイの世界じゃ別に珍しくもないことだと思うけど？　俺もそういうの全然気にしないし」

再び腕を掴《つか》まれた光春は、駿也の指の冷たさに震え上がった。背中に負っている霧のせいなのか、そもそも体温が低いのか、氷水に浸していたのかと疑うほどだ。

硬直する光春の腕を引き寄せた駿也は、光春の髪に鼻先を近づけ、やっぱり、と小さな声で囁いた。

「あんたすごくいい匂いがする。恭介と同じ匂いだ」

駿也に掴まれた腕から肩へと霧が上がってきて、背中に重たくのしかかる。

「ぼ、僕も今、蘇芳さんからもらった匂い袋を持っているので、そのせいでは……」

「ああ、あんたもこれ持ってるんだ？」

駿也がデニムのポケットから黒い匂い袋を取り出した。それに鼻先を寄せ「もうずいぶん匂いが薄くなっちゃった」と眉を下げる。

「こっちより、あんたの方がいい匂い。恭介じゃなくてもいいや。あんたのそばにいるとなんか気分がよくなるから」

それは駿也に取り憑いている霊がすべて光春の方に来ているせいだ。こうしている今も、腕を摑む駿也の手から絶え間なく黒い靄が移動してくる。

体がしんしんと冷え、手足が重くなっていく。真夏だというのに凍えそうだ。

なんとか駿也の手を振り払おうと身じろぎしたそのとき、夜道に鋭い声が響き渡った。

「何してるんだ！」

声とともに、誰かが駿也の後ろから乱暴にその肩を摑んで引き寄せた。

バランスを崩した駿也がたたらを踏む。光春の腕を捕えていた手も離れて、ほっと息をついたら再び腕を摑まれた。

体を強張らせたものの、今度のそれは駿也の手ではない。その証拠に、摑まれた場所から冷気は伝ってこない。それどころか、熱い掌《てのひら》が凍えていた体の芯を溶かしてくれる。

鼻先を過った甘い香りに目を見開く。顔を上げれば思った通り、蘇芳の姿がそこにあった。

蘇芳は駿也に目を向けたまま光春を胸に抱き寄せる。光春にまとわりついていた黒い靄が見る間に蘇芳の方へ流れていくが、見上げた蘇芳の横顔にはまるで動じたところがない。そんなものには気がついてすらいない様子で駿也を睨《にら》みつけている。

「遠野《とおの》さんになんの用だ」

警戒心をむき出しにした声と表情を蘇芳から向けられ、駿也が肩を竦《すく》めた。

「だって恭介が全然会ってくれないから」

「会う気がなかったんだから当然だ。連絡がつかない時点で諦めろ」

「仮にも元カレに冷たすぎない？」

「お前が絡むと話がややこしくなる。またあることないこと吹聴して回ってたんじゃないだろうな？」

駿也は薄く笑って「なんのこと？」と首を傾げる。

苦々しげに眉を寄せ、蘇芳が光春の顔を覗き込んでくる。

「遠野さん、大丈夫ですか？」

「は、はい……あの、蘇芳さんはどうしてここに？」

尋ねると、わずかに蘇芳の視線が揺れた。ぐっと声を落とし、光春にしか聞こえない小声で囁く。

「……遠野さんから連絡をくれたのが嬉しくて、早めに店を閉めて迎えに来ました」

待ちきれなくて、と気恥ずかしそうにつけ足され、喉の奥から妙な声が漏れそうになった。

色恋に関しては百戦錬磨のようでいて、こうして不意打ちのように照れくさそうな顔をするから蘇芳はずるい。

「それより、こいつに何か妙なことはされませんでしたか？」

気を取り直すように咳払《せきばら》いをした蘇芳に問われ、光春は言葉に迷う。たった今口説かれかけたことは言わない方が、平和裏に話が進みそうだ。

何も、と返そうとしたが、蘇芳の言葉を聞きつけた駿也が会話に割り込んできた。

「俺は別に何もしてないよ。恭介の彼氏の方が俺に言い寄ってきたんだから」

「え……っ、ち、違いますよ、そんな……！」

「違わないじゃん。喫茶店で会ったときもやたら体に触ってきたし、今だって俺のこと部屋に連れ込もうとしたでしょ？」

事実とまるで異なることを、駿也はあまりにも自然に言葉にしてしまう。表情は弱り切っているようにしか見えず、嘘をついている後ろめたさや不自然さが微塵《みじん》もない。

こんな人がいるのか、と愕然とした。

子供の頃、本当のことしか口にしていないのに周りから信じてもらえなかった光春とは正反対だ。真実が嘘っぽく響く光春とは逆に、駿也の言葉は嘘でもこんなに真実味がある。

こんなの蘇芳も信じてしまうのではないか。不安で身を固くしたそのとき、耳元で荒々しい怒声が上がった。

「遠野さんがそんなことするわけないだろうが！」

耳朶を震わせるほどの大声にびくりと肩が跳ね上がった。

蘇芳は駿也をまっすぐ睨み、こめかみに青筋すら浮かせている。偽りだらけの駿也の言葉を耳にしても動じず、光春の顔色を窺うことすらなかった。

迷わず駿也の言葉を否定してくれた蘇芳を見上げ、光春は胸を詰まらせる。

蘇芳はいつも自分を信じてくれる。それなのに、一時でも蘇芳のことを疑ってしまった自分を恥じた。

対する駿也は嘘を看破されてもうろたえず、なんだ、とつまらなそうに口を尖《とが》らせただけだ。まるで悪びれたところのないその姿を見て、蘇芳は深々と溜息をついた。

「……わかった。お前が何も変わっていないことはよくわかった。そうやってあることないこと言いふらして、他人の恋路を邪魔したがるんだな？」

「そんな大げさな。ちょっとした冗談じゃん」

降参、とばかりに胸の辺りで両手を上げた駿也を見て、蘇芳が目を眇《すが》めた。光春からそっと身を離すと、大きな一歩で駿也との間合いを詰め、その手にあった黒い匂い袋を奪い取る。

初めて駿也の顔色が変わった。慌てて匂い袋を取り返そうとする駿也を一瞥《いちべつ》し、蘇芳は底冷えする声で言った。

「これは最後の手段だと思っていたが、もう猶予はないな」

「え、ちょっとちょっと、待って、嘘でしょ！」

蘇芳は匂い袋の口を縛っていた銀の紐《ひも》を解《ほど》くと、小さな袋に無理やり両手の人差し指を入れ、力任せに左右に引き裂いた。

細かく砕いた木香を綿にくるんで袋の中に入れていたのだろう。綿と木片が飛び散って辺りに濃い花の香りが漂う。駿也が悲鳴のような声を上げたが構わず、蘇芳は綿の中から小さく折った紙切れを取り出した。以前、光春が花の薬だと言われてもらった薬包紙に似た薄い紙だ。もしかするとあれがお守りの本体なのかもしれない。

蘇芳は躊躇なく紙を破り捨てる。これにはさすがに、光春もあっと声を上げてしまった。

蘇芳が破った紙を手の中で握りつぶすと、辺りに漂っていた花の香りがふっと途切れた。

それは不思議な現象だった。袋を破った瞬間あれほど甘く香っていた匂いが、風が吹いたわけでもないのに完全にその場から消え失《う》せる。

夜道には光春たち以外通行人の姿もなく、十字路を通る車もないのでひどく静かだ。

駿也は匂い袋が破り捨てられたのがよほどショックだったのか、蘇芳の足元に散らばった木片を呆然《ぼうぜん》と見下ろしている。

しばらくして、駿也がふらふらと面を上げた。その顔は幽鬼のように真っ青だ。

「恭介……プラシーボ効果なのかもしれないけどさ、この匂い袋もらってから俺、なんかすごく体調がよかったんだ。お前と別れてからはまた、元に戻っちゃったけど。でもやっぱり、匂い袋をもらう前よりはずっとよかった」

蘇芳は眉を寄せると、低い声でぼそりと呟いた。

「プラシーボじゃない。――もう来てる」

駿也の肩がびくりと震える。次の瞬間、遠くから奇妙な音が近づいてきた。シュルシュルと、布の上を何かが滑り落ちていくような音だ。

駿也にも聞こえたのか、青い顔で周囲を見回している。光春も視線を巡らせ、十字路のどちらから音が近づいてくるのか必死で探った。だが、どうしても音の方向がわからない。

奇妙な音が四つ辻《つじ》の全方位からこちらに迫ってくるのだと気づいたのは直後のことだ。何が起こっているのかわからず身を固くする光春の肩を、蘇芳がそっと抱き寄せる。

「大丈夫です、じっとしていてください」

耳元で囁かれ、少しだけ肩から力が抜けた。対する駿也は顔色が悪くなる一方だ。忙《せわ》しなく辺りを見回す駿也めがけて、波が押し寄せるように不穏な音が迫ってくる。

ふいに強い風が吹きつけて、光春の体がぐらついた。すぐに蘇芳が背中を支えてくれたが、足元を何かがすり抜けていく感触に驚いて飛び上がる。

蘇芳に体を支えてもらって足元に目を凝らし、光春は息を呑んだ。

足の間をすり抜けていくのは、地面を埋め尽くすほど大量の白いヘビだ。蛇行しながら前進するヘビの群れが、絡み合い、上に下にと重なり合って駿也めがけて這《は》っていく。ヘビはのろのろとしか動かないイメージがあったが、大群になったそれは濁流に押し流されるような勢いで駿也に迫る。

駿也のもとに辿《たど》り着いたヘビたちはその足首に絡みつき、ふくらはぎ、膝、腿《もも》と駿也の体を這い上がっていく。

駿也は真っ青になってこちらを見ているが、自身に絡みつくヘビには一切目を向けていない。

見えていないのか。

脱力したように両手をだらりと脇に垂らし、駿也は蘇芳に向かって切れ切れに訴えた。

「そうだ、これ……いつもこうなる。なんでこんな、体から力が抜けるんだ？　病院行ったけど貧血でも低血糖症でもないって……。寒いよ、なんで？　血が抜けるみたいで怖い……」

後半はもううわごとに近い。唇も真っ青だ。

駿也の足に絡みついたヘビたちはやがてその全身に巻きついて、遠目には一匹の大蛇が駿也を締めあげているようにしか見えなくなった。

絶句してその様子を見ていた光春は、駿也に絡みついた大蛇の胴の間から、黒い靄がゆらゆらと立ち昇っていくことに気づいた。あれほど頑固に駿也にまとわりついていた靄が、蛇に押しのけられるように薄くなって消えていく。

そのうち完全に靄は消えたが、駿也の顔色は前より悪いくらいだ。

ガタガタと震える駿也を見て、蘇芳が見かねたように口を開いた。

「前にも言ったが、お前は毎朝水垢離《みずごり》をしろ。シャワーでもなんでもいいから、頭から水をかぶれ。ため込んだ澱《おり》が抜ければ妙な倦怠感に襲われることもない。新たな澱をためないためには、他人にちょっかいをかけないことだ。余計な嘘もつくな」

忙しなく辺りに視線を走らせていた駿也が、蘇芳の言葉に反応してこちらを向いた。投げかけられた言葉を反芻《はんすう》するように沈黙して、「何それ」と口元を引きつらせる。

「つき合ってたときもよくそんなこと言ってたけどさ、道徳観念を正してどうにかなるようなもんじゃないでしょ？　そんなのいいから、いつもみたいにどうにかしてよ！」

声を引きつらせて叫ぶ駿也を見て、蘇芳は眉間に刻んだ皺を深くする。

「俺ができるのはその場限りの対処だけだ。お前が素直に話を聞かない限り、何度だって同じ目に遭うぞ」

「だから知らないって！　俺は俺の好きなように生きてるだけだもん！」

頑是ない子供のように駿也は地団太を踏む。

蘇芳は溜息をつくと光春の肩を抱き、これ以上話すことはないと言いたげに駿也に背を向けた。

その瞬間、駿也の顔が絶望に歪んだのを光春は見てしまう。

行きましょう、と蘇芳に促され一度は前を向いた光春だが、数歩も進まぬうちに足を止めた。蘇芳に背を向けられた瞬間の駿也の顔が目に焼きついてしまった。とてもではないが放っておけず、蘇芳に一言断ってから駿也のもとに駆け戻る。

「よかったら、これを」

光春はポケットに入れていた赤い匂い袋を取り出す。淡い花の香りが周囲に広がり、駿也に巻きついていた大蛇の輪郭が揺らいだ。寄り集まった小さなヘビのうち何匹かが駿也から離れ、大蛇の大きさが一回り小さくなる。

完全にヘビが離れたわけではなかったが、少しは楽になったのか、駿也が小さく息を吐いた。差し出された匂い袋と光春の顔を交互に見て、おずおずと口を開く。

「……いいの？」

「はい。持っていてください」

匂い袋が光春から駿也の手に渡ると、また一回り大蛇が小さくなった。

ありがとう、と吐息交じりに呟いた駿也に、光春はぐっと顔を近づける。

「蘇芳さんのお守り、効果ありますよね？」

これまでにない強い口調に驚いたのか、駿也が小さく目を瞬かせた。

「え、それは、まあ、プラシーボ的なものだろうけど……」

「プラシーボだろうがなんだろうが、ちゃんと効きますよね？」

完全に光春の勢いに気圧《けお》された様子で、駿也は無言で頷《うなず》いた。

「だったら、蘇芳さんの言っていることもちゃんと実行してみてください。ちゃんと効果がありますから！」

駿也は妙なものに憑かれやすいくせに、それらを見ることができないらしい。そんな相手に除霊の話をしたところで受け入れてもらえないのは想像に難くない。水をかぶって身を清めるのも、普段の自分の行いを改めるのも、根拠のない迷信めいたものにしか聞こえないのだろう。

多分、蘇芳はつき合っている間も何度も駿也に同じことを伝えたはずだ。それでも駿也が身の振り方を改めないから、これ以上自分にできることはないと手を引いた。先ほどの二人の会話を聞いていれば、それくらいのことは部外者の光春にだってわかる。

光春はお守りを持った駿也の手を両手で掴み、真剣に訴える。

「蘇芳さんのこと、信じてあげてください」

蘇芳の匂い袋を大事に持っていたということは、駿也だってきっとなんらかの効果は感じていたのだろう。でも実際には何も見えないから確信が持てない。もしかしたら、と思いながらも信じきれないのは苦しいはずだ。

自分自身、蘇芳のことを信じきれなかったからわかる。半日前の自分を見ているようで、光春の声に切実な響きがこもった。

両手で握りしめた駿也の手から、小さなヘビが一匹光春の方に逃げてきた。冷たいそれが手首に巻きつくと同時に、背後から蘇芳の手が伸びてくる。

蘇芳の手が光春の手首に触れた途端、ヘビは弾《はじ》けるように消えてしまう。そのまま蘇芳に手を引かれ、光春も駿也の手から指をほどいた。

光春を自分の後ろに下がらせると、蘇芳は改めて駿也に言う。

「水垢離を一週間続けられたら連絡をしてくれ。そのときはちゃんと電話にも出る」

駿也は縋《すが》るような顔で蘇芳を見上げたものの、それ以上食い下がることはせず、わかった、と小さな声で呟いた。

「……やってみる。ありがとう」

これまでになく殊勝な表情で光春たちに頭を下げた駿也は、光春から受け取った匂い袋を大事そうに両手で包んでその場を立ち去った。

その背中には、相変わらず大きな白いヘビが巻きついたままだった。


駿也を見送った後、光春たちはまっすぐ蘇芳のマンションへ向かった。道すがら、蘇芳は駿也が霊を引き寄せやすい理由について教えてくれた。

もともと駿也には、目についた恋人たちの仲を面白半分に引っ掻き回すという悪癖があったそうだ。そのためなら平気で嘘もつくし、反省する素振りもない。

そんな駿也にはヘビの霊が取り憑いている。蘇芳が見たところヘビはもう長年駿也のそばにいて、他人の不幸を喜ぶ駿也の性質に惹かれるのかなかなか離れようとしない。

駿也とつき合っていた頃は、蘇芳もなんとか駿也からヘビを遠ざけようと試みた。お守りも渡したし、略式ながらお祓《はら》いもしてみたが、ヘビは何度も戻ってくる。

一匹のヘビならば一度退ければそれっきりだが、駿也に取り憑いているのは小さなヘビの集合体だ。一度祓ってもまたすぐ新しいヘビが寄ってくる。

ヘビを完全に追い払うには駿也に行動を改めてもらうしかないが、何度説得しても本人にその気はない。それどころか、蘇芳が対処するようになって体が軽くなったのか、以前より他人の恋路を引っ掻き回すのに余念がなくなる始末だ。

自分がそばにいると駿也の状況は悪化するのかもしれないと悟り、蘇芳はあの匂い袋を渡して駿也と別れた。蘇芳の他にも恋人が複数いたらしい駿也は追い縋ることもなく別れ話を受け入れたそうだ。

その後、匂い袋のおかげでヘビは駿也に近づかなくなったが、代わりに別のものが取り憑き始めた。いわゆる悪霊や浮遊霊の類で、それこそがあの黒い靄だ。

面白がっていろいろなカップルを破局に導いてきた駿也は、他人の恨みを買いやすい。陰湿な気は駿也の周囲に溜まり、それが悪霊的なものを引き寄せてしまう。

これも改善するには本人が悔い改めるしかない。下手にその場限りの対処をしては本人のためにはならないだろうと完全に連絡を絶っていたそうだ。

マンションに戻ってきた蘇芳は、ソファーに腰を下ろすなり光春に深々と頭を下げた。

「遠野さんと会う前のただれた恋愛関係を知られたくなくて、今まできちんとご説明もせず失礼しました」

「いえ、その……僕こそ、駿也さんから何を訊《き》かされたのか最初から蘇芳さんにお話ししていればよかったんです。なのに黙っていたせいで、話をこじれさせてしまって」

蘇芳が顔を上げるのを待って、光春は何度も深呼吸をしてから口を開いた。

「駿也さんには蘇芳さんを信じるように言いましたが、僕も本当は……蘇芳さんのことを信じきれませんでした。駿也さんから蘇芳さんの昔の恋愛事情を聞いて、すっかり疑心暗鬼になってしまって……」

「あいつの言うことは信じないでください！」

一声叫ぶなり、蘇芳が必死の形相で身を乗り出してきた。

「確かにあの頃、短いスパンで恋人を替えていたことは認めます。でもそれ以外の部分に関してはかなりの脚色があるはずで……！」

「もちろんわかってます！」と光春は慌てて言い返す。光春自身、目の前で根も葉もない嘘をつかれたばかりだ。あの自然さを見た今なら、駿也の言葉を鵜呑《うの》みにするのがどれほど危険なことなのかよくわかる。

「蘇芳さんは僕のことを信じてくれたのに……。本当に、すみませんでした」

深く頭を下げようとしたが、肩に蘇芳の手を添えられて止められてしまった。

「仕方ありませんよ。俺はこの通りチャラチャラした見た目ですし、あいつは嘘が上手過ぎます。その上へビまで味方につけてるんですから。——こんなふうに」

急に蘇芳が身を倒してきて、光春の頬に手を添えてきた。指先は頬を滑り、耳の裏に至って、項《うなじ》を辿って襟足から髪の間に忍び込む。くすぐったさに背筋を反らすと軽く後ろ髪を引っ張られ、何かが髪の間から引き抜かれる感触がした。

「やっぱり、隠れてましたね」

光春の後頭部から手を離し、蘇芳が指先をかざしてみせる。そこに絡まっていたのは、身の丈十センチほどの小さな白へビだ。蘇芳の手の中に握り込まれ、へビは鉄板に水でも落としたように、しゅっと蒸発して消えてしまった。

空っぽになった蘇芳の手を見て、光春は何度も目を瞬かせる。一体いつから自分の髪にあんなものが潜んでいたのだろう。まるで身に覚えがない。

呆気《あっけ》にとられていると、蘇芳に心配顔で顔を覗き込まれた。

「ここ何日か、嫌な言葉を思い出して落ち込んだりしませんでしたか？　子供の頃にかけられた心無い言葉とか、最近耳に飛び込んできた嫌な噂《うわさ》話とか」

「ありました……！　前に聞いた言葉がやけにはっきり耳元で蘇るような……」

「それもへビのせいです。昔の嫌な思い出を掘り起こさせて、この先も上手くいきっこないと暗示のようなものをかけてくるんですよ。他人から聞かされた嫌な言葉を、何度も耳元で繰り返して落ち込ませるようなこともします」

まさにそういう状況に陥っていた光春は目を丸くするしかない。後ろ向きな性格が増強されてしまったようで戸惑っていたが、へビの仕業だったのか。

少し乱れた光春の髪を指先で整え、蘇芳は申し訳なさそうに眉を下げる。

「ここのところ、商店街でちらほらとへビを見かけるようになったので遠野さんにもお守りを渡しておいたんですが、少し遅かったみたいですね」

お守りを受け取る前に、すでに光春の髪に潜んでいたヘビがいたらしい。髪に隠れてしまえば匂いも届かなかったようだ。

たった一匹でこれほどの効果があるのなら、何十、何百というヘビをまとわせた駿也はどうなってしまうのだろう。案じたものの、「ご心配なく」と蘇芳にきっぱり言い渡された。

「ヘビは駿也を好んでいるので祟《たた》り殺したりはしないでしょう。むしろ他の浮遊霊から駿也を守っているので、アサミさんのような存在に近いです。ただ、あのヘビは放っておくとどんどん大きくなります。命の危険はありませんが、全く無害とは言いきれませんね」

命にかかわるものではないと聞き胸を撫《な》で下ろしたところで、蘇芳の指先が髪に触れた。まだヘビが隠れているのかとびくびくしていたら、蘇芳に苦笑される。

「大丈夫ですよ。もう妙なものは憑いていません」

「そ、そうですか、よかった……。実は昨日、夜道で妙なものを見てしまって」

気が緩んでそうこぼしたら、すぐさま蘇芳に詳細を尋ねられた。問われるまま昨夜の出来事を話せば、みるみるうちに蘇芳の表情が険しくなる。

「そういうときはすぐに連絡をしてください」

「す、すみません、相談しようかと思ったんですが、妙なタイミングで怪異に遭遇したもので混乱してしまって……」

駿也からあれこれ聞いた後だったので、蘇芳のお守りの効果も疑ってしまった。申し訳ない気持ちでそう打ち明けたが、蘇芳は怒るでもなく首を横に振る。

「俺が渡したお守りもよくなかったですね。蛇に特化したものだったので他の怪異にはあまり効かなかったんでしょう。しかも一匹取り逃しているんですから、お恥ずかしい限りです」

「でも、匂い袋のおかげで自分から蘇芳さんにメールも送れたので！」

あの香りで我に返らなければ気持ちはふさぎ込む一方で、蘇芳と顔を合わせることもできなかったはずだ。

「あんなふうにいっぺんに妙なことが起こるのはアサミさんのとき以来で、ひどく取り乱してしまったんだと思います。全然冷静になれませんでした」

「それは当然ですよ。最近駿也のせいで北口周辺にも妙なものが増えてましたし」

「それも駿也さんと関係があるんですか？」

半信半疑で尋ねると「大ありです」と肯定されてしまった。

「オナモミの話、覚えてますか？」

言われてようやくぴんと来た。服にくっついたオナモミが遠い土地でぽろりと落ちるように、人に取り憑いた霊が移動した先でふわりと離れるというあれだ。

「駿也は背中に山ほど霊をつけていますから。あの辺りを歩き回って、ぽろぽろ霊を落としていったんでしょう。昨日遠野さんにまとわりついていた怪異も全部駿也が落としたものだと思います。霊感の強い貴方《あなた》を見て、ふらふらついてきてしまったんでしょうね」

「じゃあ、あのカーブミラーに映っていたものも……？　もしかすると不審者かな、とも思っていたんですが」

「タイミング的に霊の類だとは思いますが、一応確認に行きます。どちらにせよ心配ですよ。本当に、次はすぐに連絡をしてください」

怖い顔で念を押されてしまい、光春は何度も首を縦に振った。

「ついでにヘビたちも執念深く駿也を追いかけ回してましたし、それで最近は商店街周辺の様子がおかしかったんだと思います」

だとしたら、怪異に見舞われるのも一時的なものだということだ。蘇芳も光春の部屋に障りがないか見にきてくれるというし、もう自室で昨日のような目に遭うこともないだろう。

あとは駿也の問題だ。

「駿也さん、ちゃんと生活態度を改めるでしょうか」

「どうでしょう。あまり期待できませんが」

「でも、一週間水垢離を続けられたら助けてあげるんですよね？」

「そのつもりですが、遠野さんはいいんですか？」

同じような会話は前にも蘇芳としたことがある。あのときは、かつての恋人と蘇芳が顔を合わせることに抵抗を感じて口ごもってしまったが、実際に二人が対面した場面を見た今は違う。

「もちろんです。駿也さんを助けてあげてください。あの人は本当に困ってたし、怯《おび》えてもいました。あんなの放っておけません」

蘇芳に背中を向けられた瞬間駿也が見せた絶望の表情は、しばらく忘れられそうもない。

ここで言葉を止めてもよかったが、光春は少しだけ口ごもってからきちんと本音も口にした。

「や、妬《や》かないかと言われたら、それは多少、妬きますが……」

「妬いてくれるんですか」

ふっと蘇芳の目元が緩む。

焼きもちを喜ばれるのは照れくさい。続く言葉を口にするのはさらに恥ずかしかったが、言葉にしないと伝わらない。羞恥心を蹴り飛ばして言い切った。

「でも、蘇芳さんはちゃんと僕を好きでいてくれるのがわかったので、大丈夫です」

いつになく強気な光春の発言に蘇芳が目を見開く。と思ったら、見る間にその表情が崩れた。ひどく嬉しそうな満面の笑みを直視できず、光春は蘇芳から目を逸《そ》らして口早に言い添える。

「それに蘇芳さんだって、本当は駿也さんのこと放っておけなかったんじゃないですか？」

頑として駿也に会おうとしない蘇芳を見て、別れた相手には随分と冷淡になるのだな、なんて思ったこともあったが、連絡を絶ったのはむしろ駿也のためだったようだし、再会したらきちんと怪異を退けるための忠告もしていた。

なかなか行動を改善しない駿也に業を煮やして一度は距離をとったものの、内心ではずっと気にかかっていたのではないだろうか。

短い沈黙の後、そうですね、と蘇芳は溜息交じりに呟いた。

「遠野さんの言う通りかもしれません」

返ってきたのは肯定の言葉だったが、蘇芳の表情はぱっとしない。言葉と表情が合致していないように見えて、光春はおずおずとその顔を覗き込む。

「ほ、本当ですか？　本心では、祓い師みたいなことはもう絶対したくなかったとか……？」

目を伏せて何か考え込んでいた蘇芳は、我に返ったように顔を上げた。

「いいえ、違うんです。いつまでも諦めきれない自分が情けなくて」

「諦めきれないって、まだ駿也さんのことを……？」

青い顔で尋ねれば、ぽかんとした顔で蘇芳に見返された。次いで、弾けるような声を立てて笑われる。

「どうしてそっちの話になるんです！」

「だって、諦めきれないって……」

「違いますよ。諦めきれないのは家業の方です」

笑って肩の力が抜けたのか、蘇芳はソファーの背凭《せもた》れに身を預けた。それから横目で光春を見て、にっこりと笑う。

「自分で言うのもなんですが、俺ってなかなかの色男でしょう？」

「そうですね」と真顔で頷いた。単なる事実なのでまぜっかえす気にもならない。蘇芳も自身の美貌を肯定されるのは慣れたものなのか、照れる様子もなく続けた。

「子供の頃からこんな見てくれだったので、周りからちやほやされることは多かったです。クラスの女子がやたらと優しかったり、先生が実際の能力よりちょっとプラスして評価してくれたり。でもそんなことされたら当然やっかまれるでしょう。こっちはちゃんと努力して成果を出してるのに『どうせあいつは見た目で贔屓《ひいき》されてるんだ』なんて陰口叩《たた》かれるのも日常茶飯事で、もっと目立たない容姿に生まれていたらと何度思ったか知れません」

初めて蘇芳に会った日、光春もまずその容姿に目を奪われた。真っ赤な夕日に照らされた姿が美しすぎて、人間離れしたものを見たようにさえ思ったものだ。

圧倒的な美貌にひれ伏すしかなかった光春だが、当の本人は整いすぎた顔立ちを持て余していたらしい。やっかまれて自身の努力すら正当に評価されないのなら、嫌気がさしてしまう気持ちもわかる。

「その点、寺の修行はよかったんです。髪をそり落として、全員同じ服で、美醜なんて気にしてる余裕もないくらい厳しい戒律を守って生活をするんですから。努力すればしただけ自分に返ってきますし、俗世にいた頃より息がしやすかったです。僧侶は自分の天職だとすら思いました」

話の先が見えてきて、光春の胸の鼓動が乱れる。

必死で修行をしていたのに、蘇芳は結局僧侶を続けることができなかった。それも、元来の強すぎる霊力のせいで。

「持って生まれたものからは逃れられないのかな、と思いました」

目を伏せて、蘇芳は疲れたような顔で笑う。

多くを持つ者を世の人々はうらやむが、実際はどうだろう。欲しくもないものを無理やり持たされ、本当に欲しいものには手を伸ばせないことだってあるのではないか。

「実家も出ることになりましたが、家族から体よく追い払われたような気分で、最初は花屋の仕事にも全く身が入らなかったんですよ」

「家を出てから、家族と連絡を取ったりしていないんですか?」

「ないですね。連絡をしたところで何を言えばいいのかもよくわかりませんし。実家にいた頃だって法事の予定と檀家《だんか》の話しかしなかったような家族なので」

家業から切り離された今、家族と何を話せばいいのかわからないと苦笑交じりに蘇芳は言う。

「それでしばらくは二丁目をうろうろしていたんですが、やっぱり駿也みたいな奴《やつ》を見つけると放っておけないんです。自分はもう僧侶でもなんでもないのに、対処せずにはいられなくて。でも、頼まれてもいないのにそういうことをしても状況を悪化させることにしかならないんだと駿也の件で理解して、自己嫌悪にも陥りました」

自分のしていることは、僧侶の道を諦めきれていないが故の悪あがきなのではないか。そんなふうに思ってしまって、アサミに取り憑かれている光春に声をかけるのも迷ったそうだ。

蘇芳はソファーに凭れていた体を起こすと、光春の方に体を向けて頭を下げた。

「今回は遠野さんをすっかり巻き込んでしまって申し訳ありませんでした。もうこれからは、祓い師の真似事《まねごと》はすっぱりやめます。貴方のことしか対処しません」

深々と頭を下げられたものの、光春はすぐに何かを言い返すことができない。

本当に、それで蘇芳は納得できるのだろうか。

自分の意志とは関係のない理由で僧侶への道を閉ざされ、家族とも連絡を絶って、霊で困っている人を見つけても見て見ない振りをする。

何かを決めて前に進んだというより、目を閉じて立ち止まっただけのように見える。

自分は寺の内情など知らないし、蘇芳の家族のことも知らない。身内のことにまで口を挟むのはやりすぎだと思う気持ちもある。

だが、身を起こした蘇芳からふわりと甘い香りが漂ってきた瞬間、腹をくくった。

ベッドの上で金縛りを起こして動けなくなったとき、匂い袋から漂ってきた花の香りが過去の嫌な記憶を振り払ってくれた。あのときと同じく、花の香りが光春の背中を押す。正確には、花の香りをまとった蘇芳と過ごした時間が勇気をくれる。

顔を上げた蘇芳と目を合わせた光春は、バラバラになりそうな勇気をかき集めて口を開いた。

「ち、中途半端はよくないと思います」

「そうですね。これからは、祓い師のような真似は一切しません。未練がましくてすみませんでした」

そうではなく、ともどかしく首を横に振り、光春は喉に詰まった空気を押し出すようにして声を上げた。

「完全に他人を切り捨てられないのに、中途半端に割り切ったふりをするのはよくないと思うんです！」

大きな声に驚いたのか、蘇芳が目を丸くする。その顔を見詰めて光春は言い募った。

「だって蘇芳さん、やっぱり見たら放っておけないでしょう。対処できるのは自分だけだと思ったら、何もしないではいられないでしょう？」

「いえ、そんな」

「未練だってまだあるはずです。だからああして法具も大事に取っておいてあるんじゃないですか？　あれを使える機会があるなら、本当は使いたいと思ってるんじゃないんですか？」

光春はキッチンカウンターに置かれた金色の台座を指さす。相変わらず埃《ほこり》一つ積もっていないそこには、金色の鈴と独鈷杵《とっこしょ》が大事に置かれたままだ。

「あれは、法具なので無下にできないというか……」

後ろめたそうな口調になる蘇芳の言葉尻を「いいじゃないですか」と強引に奪う。

「大事なものはそうそう手放せなくて当然です。努力が無駄になるのが悔しいのも、それを引きずるのも普通のことです」

きっと蘇芳はこれからも、霊障で困っている人にこっそりお守りを渡したり、霊に取り憑かれた人にさりげなく近寄って霊を呼び寄せたり、そういうことをしてしまうはずだ。

その理由が優しさなのか正義感なのか、あるいはかつて志した僧侶に対する未練なのかはわからない。でも、どうせ放っておけないのなら最初から手を貸してしまえばいいのだ。自分の素性を明かして、祓うことができると相手に伝えてしまえばいい。

そんなようなことを、光春はつっかえつっかえ蘇芳に伝える。自分の考えを他人に示すことはまだ慣れず、話は行きつ戻りつしてしまったが、それでも途中で言葉を呑むことはしなかった。

普段は言葉を惜しみがちな光春の口数の多さに驚いた顔をしていた蘇芳だが、だんだんとその表情が曇って、視線は斜め下を向く。

「でも俺は実家を出て、還俗《げんぞく》もして、もうなんの肩書も持っていません。そんな人間が手を出すのは余計なお世話というか、迷惑では……？」

「迷惑なんかじゃありません！」

光春は懸命に声を張る。少なくとも、自分はそうは思わなかった。

「お節介を焼いてくれたおかげで僕は蘇芳さんと接点が持てたんです。今もこうやって一緒にいられて、迷惑どころか幸運だったと思ってます！」

表情や言葉から推し量る限り、蘇芳は霊を対処すること自体を嫌がっているわけではなさそうだ。どちらかというと、もう僧侶ではなくなった自分が行動を起こすことに躊躇しているように見える。

僧侶をやめて実家を出たことは、光春が想像していた以上に蘇芳の胸に影を落としているのかもしれない。家族とも連絡を絶っているようだし、一人で悩んでいるのならその背中を押したかった。

「もしも蘇芳さんにその気があるのなら、これからも困ってる人に手を差し伸べていいと思います。お寺を離れたって、長年修行してきた蘇芳さんの努力や経験が消えてしまうわけじゃないんですから。その手を取るかどうかは相手に任せてしまえばいいんです。花屋も祓い師も、両方やってみたらいいじゃないですか」

蘇芳は戸惑ったように視線を揺らし、力なく呟いた。

「二つも一緒になんて、そんなのどっちつかずになりますよ」

「蘇芳さんなら、二つどころか三つでも四つでもやりたいことができそうですけど。努力の人なんですから」

「努力なんて俺の柄じゃないです」

苦笑とともに話を切り上げようとした蘇芳を逃がさず、「嘘ですね」と詰め寄った。

「カウンターの奥のかごに入ってたループリボン、すごい量だったじゃないですか」

途端に蘇芳の口元から笑みが引き、「見たんですか？」と小さな声で問われた。

「見ました。花かごから溢れそうなくらいたくさん。最初に作ってくれたリボンも家にとっておいてあるんですけど、見比べて感動しました。この人は本当に、人目につかないところでも努力を惜しまない人なんだなぁって」

オーガンジーのリボンなんて扱いが難しかったのでは、と続けようとして口をつぐむ。

蘇芳は目を見開いたまま光春を凝視していた。「蘇芳さん？」とその名を呼ぶと、ようやく我に返った顔で瞬きをされる。

「……すみません。ちょっと、嬉しくて」

「え、な、何がですか？」

「努力の人なんて言われたのは初めてで……。この見た目のせいで周りの評価も甘くなりがちですし、他人から『人生イージーモードだな』なんて言われることも多くて」

「イージー？　こんなに波乱万丈な人生を送ってるのにですか？」

「波乱というほどでは……」

「だって蘇芳さん、物心ついた頃から幽霊とか見える人だったんですよね？　それだけでも周りとの認識の差を埋めるのが大変だったと思いますけど」

特異な能力を生かして僧侶を目指すも、自分の意志とは関係のない体質のようなものが理由で道を閉ざされたのだ。その無念さはいかばかりだっただろう。挙句、実家からも出ていかざるを得なくなったというのに。

「イージーどころか超ハードですよ。それでもこうして、崩れずにちゃんと自分の足で立ってるじゃないですか」

本人の努力なくして成し遂げられるものではない。周りがそれに気づかなかったのは、蘇芳自身が己の落胆を気づかせまいと気丈に振る舞っていたからではないか。

「僕は蘇芳さんのこと、我慢強くて誠実で、底なしの努力家だと思ってます」

実際そうでしょうと続けようとしたら横から蘇芳の腕が伸びてきて、とんでもない力で抱きしめられた。

「う……っ、ぐ、ど、どうしました……っ」

あばらが歪むほどの膂力《りょりょく》で抱きすくめられ、掠れた声しか出なかった。さすがに苦しくて身じろぎするとますます強く抱きしめられる。何事かと蘇芳の顔を覗き込もうとすれば、それを阻むように肩口に顔を押しつけられた。

「すみません今ちょっと見ないでください」

息継ぎも挟まず口早に告げられて目を丸くした。緩く癖のついた蘇芳の髪から見え隠れする耳が赤い。照れているのだろうか。

意地でも顔を見せないつもりか、きつく抱きついてくる蘇芳がおかしくて、光春も腕を伸ばして蘇芳の体を抱き返す。

「僕がこうして思っていることを口にできるようになったのだって蘇芳さんのおかげなんです

よ。除霊ができるだけじゃなく、周りにいい影響を与えることまでできるすごい人なんです、蘇芳さんは」

「あの、もう、そのくらいで……」

「こういうこと言われるの、苦手ですか？」

「いえ、嬉しいんですが……！」

耳の端どころか首筋まで赤く染めている蘇芳を見て、光春は目尻を下げて笑う。こんなに喜んでくれるのなら、もっと素直に胸の内を言葉にしておけばよかった。

蘇芳はしばらく感極まった様子でぎゅうぎゅうと光春を抱きしめていたが、ようやく少し落ち着いたのか、大きく息を吐きながら呟いた。

「貴方がそうやって俺を認めてくれるから、俺ももう少し努力してみようと思えるんです」

そう言って顔を上げた蘇芳は、まだ少し照れくさそうな表情だ。貴重なそれをまじまじと見詰めていたら、蘇芳がゆっくりとこちらに顔を近づけてきた。

「遠野さん、俺の顔好きでしょう」

蘇芳の顔は寸分の狂いもない左右対称で、形のいい輪郭に粋を尽くしたパーツがすっきりと収まっている。そこに朝日が差すように笑みが上って、見惚《みと》れて言葉が出なかった。その反応こそが蘇芳の言葉を肯定したことになったようで、光春の返事を待たずに蘇芳は続ける。

「でも貴方は、それ以外の部分もちゃんと見てくれてる。カウンターの奥のループリボンとか、未《いま》だに捨てられない独鈷杵とか」

　蘇芳は光春から体を離すと、その手にそっと自身の手を重ねた。

「僧侶をやめるとなったとき、真っ先に思ったんです。これまでの時間は全部無駄になってしまったな、と。周りから外見のことについてあれこれ言われなくなって、ようやく目の前のことに集中できると修行に打ち込んできたのに、それも全部意味のないことだったって」

　光春の指先がぴくりと動いたのに気づいたのか、宥《なだ》めるように蘇芳が光春の手の甲を撫でた。

「でも、あの修行があったからこそ遠野さんを守れたんですよね。そう思えば長年の苦労も報われます」

　蘇芳の言葉を邪魔しないよう、光春は無言で何度も頷いた。子供じみたその仕草がおかしかったのか、蘇芳がちらりと笑みをこぼす。

「家を出るとき家族から独鈷杵を渡されて、迷える霊がいたら導いてやってほしいと言われたときは、寺にもいられない自分が今更、とやさぐれた気分になりました。でも受け取りを拒否することも、実家に送り返すこともできなかった。ましてや神聖な法具をどこかに乱暴に押し込めておくこともできなくて、ああして手元に置いていていました」

　カウンターに置かれた法具に目を向け、蘇芳は苦く笑う。

「当時は家族の言葉にもろくに耳を貸すことができませんでしたが、今はもう少し、素直に受け止めてみようと思います。家族もきっと、俺の努力を見ていてくれたんだって。あの法具も、寺を離れても修行の日々は無駄にならないんだと伝えたくて渡してくれたんでしょう。近いうちに実家に電話の一本も入れて、家族とそんな話をしてみます」

「そうしてください、きっとご家族の皆さんも待ってますよ！」

拳を握る光春を見て、蘇芳は笑みを深くする。

「遠野さんにそう言ってもらえると、素直にそうかもな、と思えます」

「本当ですか……？」

「ええ。出会って間もない頃は、あんなに自分の気持ちを口にするのを怖がっていた貴方だから。きっと本気でそう思ってくれてるんだろうって信じられます」

光春の目を覗き込み、「変わりましたね」と蘇芳は目を細める。

「貴方の言葉、思ってる以上に俺に刺さってますよ。胸の内側が目で見えたらよかったんですけどね。たぶん、貴方の言葉の痕だらけです」

そう言って、蘇芳は片手を自分の胸に当てて笑った。

光春は瞬きも惜しんでその姿を見詰める。蘇芳に出会う前の自分がこの言葉を聞いたらどう思っただろう。喜ぶよりも困惑したかもしれない。自分の言葉など誰かに届くわけもないのにと卑屈に俯《うつむ》いて、自ら顔を背けてしまったのではないかとすら思う。

でも今ならば信じられる。蘇芳がずっと自分の言葉に耳を傾け続けてくれていたからだ。

蘇芳が本心からそう言ってくれているのだと信じられればこそ、光春も胸の内を打ち明けられる。

そうして伝えた言葉が蘇芳のどこかに響いて背中を押すことができたなら、こんなに嬉しいことはない。

「……蘇芳さん」

呼べば蘇芳の瞳がこちらを向く。きちんと届いているのだとわかったら、それだけで深い充足感に包まれて続く言葉が出てこなかった。

蘇芳は口元に笑みを浮かべたまま、何？　というように小首を傾げた。甘やかな眼差《まなざ》しに気を取られて返事を忘れていたら、秀麗な顔が近づいてきて頬に掠めるようなキスをされる。

至近距離で視線が絡み、我に返って慌てて顔を背けた。

「あ、あの、蘇芳さん、夕飯まだですよね？　まずは何か、ご飯を……」

思わせぶりに名前など呼んでしまったことが今更のように恥ずかしい。ごまかすつもりでとっさに夕飯のことなど口走ったが、蘇芳は光春の耳に唇を寄せ「それは後で」と囁く。

「それよりも、一週間ぶりの遠野さんを堪能したいのですが」

「い……一週間って、そんな、大した時間ではないですし……」

口先ではそう言いつつ、光春にとってこの一週間はひどく長かった。恋人同士になってからというもの、数日おきに蘇芳の部屋に泊まっていたのだからなおさらだ。

でもそんなふうに思うのは自分だけで、色恋に長けた蘇芳にとっては普段と変わらぬ一週間だったに違いない。だから敢《あ》えてなんでもないような物言いをしたのに、耳元で囁かれた蘇芳の声には恨みがましい響きがこもっていた。

「遠野さんにとっては大したことのない時間でも、俺にとっては長い一週間でしたよ。店先で顔を合わせることはあっても、こうして触れることはできなかったんですから」

そんなのこっちのセリフだ、と思ったが、耳朶に軽く歯を立てられたせいで言葉にならなかった。代わりに心許《こころもと》ない声が漏れてしまい、顔だけでなく耳の端まで赤くした。

「このまま、駄目ですか……？」

物慣れない光春の反応を見て楽しんでいるのだろうと思いきや、蘇芳の声には余裕がない。間近に迫った体から、甘い花の香りが漂ってくる。

「光春」

何か言い返す前に、懇願するような声で名前を呼ばれて陥落した。

正面から蘇芳の顔を見るのはさすがに照れくさく、自らその胸に飛び込んで硬い肩に顔をすり寄せる。すぐに蘇芳の腕に抱き寄せられて、甘い香りが一層濃くなった。

光春は喘《あえ》ぐように喉を反らし、最後に残った羞恥心を押しやって尋ねる。

「蘇芳さん、僕も……恭介さんって呼んでいいですか？」

駿也が蘇芳を下の名前で呼んでいるのを聞いたときから、実はずっと気になっていたのだ。

光春の顔を覗き込んだ蘇芳は、綺麗《きれい》な顔を惜しげもなく笑みで崩して「もちろんです」と声を弾ませた。

多分、光春が急に下の名前で呼びたいなんて言い出した理由にも見当がついているのだろう。目尻を下げる蘇芳を見上げ、指摘されるくらいなら先に言ってしまえと口を開いた。

「駿也さんに対する焼きもちと対抗心です！」

堂々たる光春の宣言に蘇芳の笑い声が重なる。

「嬉しいです。何度でも呼んでほしいところですが、もう俺の方が限界ですね」

そう言って、蘇芳は光春の唇を深いキスでふさいだ。


脱衣所で、あるいは寝室で、蘇芳が服を脱ぐ瞬間が好きだ。腰に香水をつけているという蘇芳が上着を脱ぐと、服の下で温められていた香水の匂いが濃く香る。

今日はシャワーを浴びる余裕もなく二人して寝室にもつれ込んだ。ベッドに押し倒された光春は、自分の体を跨《また》いだ恰好《かっこう》でシャツを脱ぐ蘇芳を見上げる。薄暗い寝室に甘い香りが広がって、その香りに酔っているうちにまたキスで唇をふさがれた。

「ん……」

薄く開いた唇から熱い舌が滑りこんできて、とろりと互いの舌が絡まる。敏感な口内を余すところなく舌で辿られ喉を鳴らした。たった一週間ぶりなのに、キスだけで蕩《とろ》けそうだ。

シャツの裾から蘇芳の手が忍び込んできて素肌に触れた。熱い掌が脇腹を這って胸に至り、指先が胸の尖りに辿りつく。

「ん、ん……っ」

指先で突起を転がされ、唇の隙間から切れ切れの声が漏れる。シャツの上から蘇芳の手を摑んで止めようとすると、キスがほどけてふっと唇に息がかかった。

「ここ、好きでしょう？」

ひそひそと囁かれ、指の腹でじっくりと押しつぶされて腰の奥が重くなる。

少し前まで意識することなどほとんどなかった場所なのに、今やそこはすっかり性感帯になってしまっている。そんなふうに光春の体を変えた張本人の蘇芳は、何もかもわかっている顔で目を細めて胸の先端を指先でつまんできた。

「あ……っ、あ……ぁ……」

「少し強いくらいが好きですよね？」

そのかすように囁かれ、頷く代わりに目を伏せた。胸への刺激が強くなって、光春の唇から漏れる声はますます甘くなる。

蘇芳は光春の体に触れながら、ごく自然な仕草で服をはぎ取っていく。途中で鎖骨に嚙みつかれたり腰骨を撫でられたり、内股のきわどいところを指で辿られたりするので、服を脱いだだけなのにもう体に力が入らない。ぐったりしていると、自身も服を脱ぎ落とした蘇芳に抱き寄せられた。

背中に腕を回され、光春は小さく息を吐く。広い胸に顔を寄せ、花の香りが混じる肌の匂いにうっとりと目を閉じた。もうすっかり馴染んでしまった蘇芳の匂いだ。

自分も蘇芳の背中に腕を回し、光春は秘密を打ち明けるように小さな声で呟いた。

「この一週間蘇芳さんと会えなくて……一人で寝るのが淋《さみ》しいって、独り暮らしを始めてから初めて思いました」

蘇芳の動きが止まる。顔を覗き込まれそうになって、とっさに強くしがみついた。

これまでだって週の半分は自宅に戻って一人で寝ていたが、それは数日おきに蘇芳と一緒に眠っていたからだと思い知った。

蘇芳のマンションから帰った直後は、肌を合わせた余韻がまだ残っているおかげで一人でもすぐに寝つくことができた。けれど二日、三日と日を置くほどに、重ねた肌の感触は遠くなる。他人の体温や肌の匂いがこんなに恋しくなるとは思わなかった。

蘇芳の肌に鼻を寄せて大きく息を吸い込んだら、少し荒っぽい手つきで後頭部を撫でられた。

「どうしてそう可愛《かわい》いことを……」

たまらなくなったように強く抱き寄せられ、腰に回された腕が腿へと移動する。指先が腿の内側に滑り込んできて、光春は慌てて腰を引いた。

逃げても強引に抱き寄せられ、今度こそ蘇芳に顔を覗き込まれる。

「煽っておいて焦らすなんて、いつの間にそんな駆け引きを?」

「か、駆け引きなんかじゃなく……」

　蘇芳の唇には笑みが浮かんでいるが、目が笑っていない。下手なことを言うと問答無用で唇に噛みつかれそうで、恥を忍んで本当のことを口にした。

「今日はもう、本当に余裕がなくて、触られたらすぐ、いってしまいそうなので……」

　尻すぼみに打ち明けると、耳元に蘇芳の唇が寄せられた。

「いいじゃないですか。何度だっていかせてあげますよ？」

「な……何度もいくと、辛いので……」

　事後はいつも精根尽き果てベッドから起き上がれなくなっている光春の姿を思い出したのか、「なるほど」と苦笑して蘇芳も腰に回した腕をほどいてくれた。

「それじゃ、こっちにしましょうか」

　起き上がった蘇芳に腰を支えられ、ベッドの上で四つ這いの姿勢をとらされた。背後には蘇芳がいて、後ろから見られているのだと思うと心許ない気分になる。

　蘇芳がベッドサイドに置かれていたローションを取り上げる。肩越しに振り返ろうとしたら、背中から蘇芳がのしかかってきた。肩に落とされた唇がゆっくりと背中に移動して、くすぐったさに背中が波打った。

　蘇芳が楽しそうに笑って、背筋に柔らかな吐息がかかる。身をよじったら、背後から体重をかけられて身動きがとれなくなった。心地よい重みに息を吐けば、ローションをまとった指が窄《すぼ》まりに触れる。

「あ……っ」

蘇芳の指がずるずると中に入ってきて背中がのけ反った。

「ふ、あ……ぁ……っん」

最初は固く閉ざされていたそこも何度となく蘇芳に抱かれるうちにすっかりほころび、難なく蘇芳の指を受け入れるようになった。あっさりと指の付け根まで呑み込んで、光春は小さく体を震わせる。

蘇芳は光春の様子を確かめているのか、すぐには指を動かさない。

痛みはない。苦しくもない。むしろ動かない指に焦れて、内壁がねだるように蘇芳の指を締めつけてしまう。

「久々なので、ちゃんと慣らしましょう」

囁いて、蘇芳は慎重に指を抜き差しする。ローションをたっぷり使っているおかげで指の動きに引っかかりはなく、それが逆に物足りない。刺激を求めて腰が揺れそうになる。浅ましい反応が恥ずかしく、必死でシーツを握りしめて耐えた。

ようやく二本目の指が入ってきたときは、糸を引くような甘い声を上げてしまった。

「あ、あっ、ん……っ」

浅いところで出し入れされて、光春は肩越しに蘇芳を振り返る。

足りない、もっと、と目顔で訴えると、蘇芳が身を乗り出してきた。背中に蘇芳の胸が触れ、蜜を煮詰めたような甘い声で「可愛い」と耳元で囁かれる。

はしたなく欲しがっても許される。そう思うと体中の関節が緩んだ。とろりとした目で蘇芳を見遣《みや》り、睫毛《まつげ》の先を震わせながら訴える。

「蘇芳さん、もっと……」

「名前で呼んでくれるんじゃなかったんですか?」

すかさず言い返されて口ごもった。自分で言い出したことなのにいざとなると照れくさい。

「き、恭介さん……」

消え入るような声でその名を呼ぶと、頬に柔らかく唇を押し当てられた。いい子、と褒めるように唇で頬を撫でられ、中途半端な位置で止まっていた指が奥まで入ってくる。

「あっ、あっ、んん……っ!」

内壁を指で押し上げられて、腰骨から背骨へと痺《しび》れが走った。一等感じる場所を指の腹でこすられると甘ったるい声が漏れてしまう。途中、蘇芳に軽く耳を嚙まれて「もう名前は呼んでくれないんですか?」と囁かれた。

恭介さん、と切れ切れに呼べば中を探る動きが大きくなった。ぐずぐずに蕩けた内側は容易《たやす》く快感を拾い上げ、もっと強い刺激を欲しがって収縮する。途中から恥ずかしさなど消し飛んで、何度も蘇芳の名前を呼んだ。

「だいぶ慣れてきました？」

快感に翻弄された光春は、耳の裏で囁かれた言葉の意味を汲《く》み取れない。体が慣れたということか。それとも蘇芳の名前を呼ぶことを言っているのだろうか。

考えているうちにもう一方の手が光春の腹を探り、先端からとろとろと先走りを垂らす屹立《きつりつ》に触れた。今触れられたら確実に達してしまいそうで身をよじる。

「嫌？　いきそうですか？」

含み笑いで囁かれ、恥ずかしがっている余裕もなく何度も頷いた。蘇芳は大人しく手を引いてくれたが、代わりに再び体をひっくり返され、仰向けにベッドに押し倒される。

蘇芳はベッドサイドからゴムを取り、手早くそれを自身につける。その姿をじっと見詰めていると、悪戯《いたずら》っぽい顔で笑われた。

「少し前までこういうときは恥ずかしがって目も合わせてくれなかったのに、すっかり期待した顔をするようになりましたね」

自分が物欲しげな顔で蘇芳を見ていたことに気づいて、今更のように目を逸らした。

「す、すみません……」

「期待されると嬉しいですよ。俺の体のよさをわかってくれたんでしょう？」

光春の脚を抱え上げた蘇芳がゆっくりと身を倒してくる。窄まりに先端が触れ、貫かれる期待で息が浅くなった。目の前には蘇芳の顔があって、滴るほどの色気をまとわせた微笑が降ってくる。

「もっと欲しがって」

硬く反り返った屹立が隘路《あいろ》にずぶずぶと入ってきて喉がのけ反る。待ち望んだ刺激に全身が震え上がった。

「あっ、ひ……ぁ、あぁ……っ」

蘇芳が深く息を吐く。息を整える間もなく勢いをつけて奥まで突き上げられ、強すぎる刺激に一瞬目の前が白くなった。

「……っ、……は……っ、ぁ……」

頭の芯に白い霞《もや》がかかる。束《つか》の間意識が飛んだ気がしたが、すぐに揺さぶられて涙声を上げた。

「あっ、や、待って、ま……っ、あぁっ！」

「どうして。存分に味わってください」

力強く突き上げられ、目の端から涙が散った。

達した直後のように体が敏感になっていて、奥を穿《うが》たれるたび体の芯を叩かれるような鮮烈な快感が走る。いつもより一段深いところが痺れるようで怖い。

初めての感覚に戸惑って、光春は自身の下腹部に手を伸ばす。いっそ早くいってしまいたくて屹立に触れようとしたが、蘇芳に手を取られ、顔の横でシーツに縫い留められてしまった。

もう一方の光春の手も同じようにシーツに押しつけ、蘇芳は額に汗を滲《にじ》ませて笑う。

「もうちょっと、このまま」

互いの掌を合わせ、指を絡ませるようにして強くつないできたと思ったら、容赦なく突き上げられて爪先が跳ねた。

「あっ、あぁ……っ、や、あっ、あぁっ！」

奥まった場所を押し開くように先端で穿たれ、硬い幹を内側にこすりつけるように何度も揺すり上げられる。与えられる強烈な刺激はやがて体に馴染んで、唇からはどろどろに蕩けた声しか出なくなった。きっと自分はとんでもなく淫蕩《いんとう》な顔をしているのだろう。でも、両手を押さえられているため顔を隠すこともできない。

「あっ、あ……んん……っ」

互いの腹の間で自身の屹立が揺れている。いつもなら蘇芳が光春の性器を刺激してくれて達するのだが、今日はお互い触れることができない。今にもいきそうなのに最後の刺激が足りなくて、光春は蘇芳に揺さぶられながら涙声で訴えた。

「き……恭介さん、キスを……」

してほしい、という前に荒々しく唇をふさがれた。互いの唇の間から漏れる息はひどく弾んでいて、蘇芳の興奮が伝わってくる。

突き上げが激しくなって、体の奥が痙攣《けいれん》するように震えた。潤んで充血した場所を穿たれ、舌先を強く吸い上げられて体の中心に痺れが走った。息が続かずキスをほどけば突き上げはますます激しくなり、内に接する蘇芳を締めあげるようにして全身を強張らせる。

「あっ、あぁっ、や、あぁ……っ！」

背中がシーツから浮き上がり、堪《こら》えきれず吐精した。

たちまち全身から力が抜けて、ぐったりとシーツに沈み込む。

「前、触らずにいけましたね」

両手をシーツに縫い留めていた蘇芳の手が離れ、汗で額に張りついた前髪を後ろにかき上げてくれた。優しい指先が心地いい。

達した直後でぼんやりして、後ろの刺激だけでいってしまったという事実を呑み込むだけの余力もない。いつもよりずっと深い快感に突き落とされて、今にも気を失いそうだ。

瞼を閉じかけたら、額に蘇芳の唇が押し当てられた。

「でもね、まだ俺はいってないんです」

その声があまりにも優しかったので、すぐには何を言われたのかわからなかった。

軽く揺すり上げられ息を吞む。緩い動きにも体は過敏に反応して、光春は涙声を上げた。

「あっ、や、だめ、まだ、あっ……！」

繰り返しゆるゆると腰を揺らされ、制止の言葉が崩れてしまう。

達したばかりで、痺れるような快感がまだ引かない。些細《ささい》な刺激すら辛いのに。

「光春」

蘇芳の大きな手に左右から頬を包まれ、唇を吸い上げるようなキスをされる。こちらを見下ろす蘇芳の目には愛《いと》しげな笑みが浮かんでいて、一度視線が交わってしまえばもう目を逸らすことができなくなった。

下手に説得されるより、キスをしながら繰り返し名前を呼ばれた方がずっと抗《あらが》えなくなる。自分の名前はこんなにも甘く耳に響くものだったろうか。

名前を呼ばれるうちに抵抗する気力は熱を加えられた蜜のように溶けて、光春は解放された両手を自ら蘇芳の首に回した。


遠くで鐘の音がする。

この町に朝晩を告げる寺の鐘だ。

瞼の上に光がちらつき、朝だ、とおぼろに思う。同時に、今日は蘇芳の部屋にいるのだ、と口元をほころばせた。自分のアパートではこんなにもはっきりと鐘の音は聞こえない。

薄く目を開いたが、隣で眠っているはずの蘇芳の姿がない。緩慢に視線を巡らせると、いつかのように寝巻きの下だけ穿《は》いて窓辺に立つ蘇芳の姿が目に飛び込んできた。

鐘の音に耳を傾けているのかと思ったが、今日は電話をしているようだ。光春を起こすまいと気遣っているのか、低い声でぼそぼそと何か喋っている。

「だから、一日で効果があるわけもないだろう。水垢離は一週間続けろ。話はそれからだ」

漏れ聞こえてきた会話で電話の相手を悟る。早速駿也が連絡を入れてきたらしい。

溜息交じりに相槌《あいづち》を打ち、蘇芳はヘビを退けるための指示をあれこれ出している。なんだかんだと言いながら、一度懐に入れた相手には甘いところがあるようだ。

「次は一週間後だ。その前に連絡をしてきたら二度と電話に出ないぞ」

脅しつけるような低い声で言って蘇芳が電話を切る。振り向いて、ようやく光春が目を覚ましていることに気づいたらしい。ばつが悪そうな顔でこちらに近づいてきた。

「……今の、駿也さんですか？」

「そうです。すみません、うるさかったですね。水垢離を続けられたら電話に出るつもりだったんですが、朝っぱらからあんまりしつこく電話がかかってくるので……」

ベッドの傍らで立ち止まった蘇芳を、光春は緩慢な動作で手招きする。戸惑い顔で蘇芳が隣に身を滑りこませてくると、ものも言わずにしがみついた。広い胸にぐりぐりと顔を押しつければ、背中に蘇芳の腕が回される。

「どうしました」

「目が覚めたら、蘇芳さんがいなかったので。しかも駿也さんと電話中で……」

「焼きもちですか？」

「……ちょっとだけ」

寝起きのせいか、抵抗なく本心を口にすることができた。

蘇芳は声を潜めて笑い、光春の髪を優しく撫でる。

「焼きもちを解消するお手伝い、します？　まだ時間もありますし」

後ろ髪を撫でる指先が項に移動して、意味ありげに背骨を辿り下ろす。

そこでようやく完全に覚醒して、慌てて蘇芳の胸から顔を上げた。

「いえ、大丈夫です！　蘇芳さんのこと信じてますから！」

蘇芳も本気ではなかったようで、残念、と笑って手を止める。

「駿也さん、なんの用だったんです？」

「水垢離をしたのに効果がない、とクレームを入れてきただけです。この調子で一週間続くのか先行き不安ですが……」

蘇芳は憂い顔で呟いた後、光春の視線に気づいて悪戯っぽい笑みを浮かべた。

「あまり言うことを聞かないようだったら遠野さんに説得してもらうのがいいかもしれませんね。どうしてかあいつ、俺よりも遠野さんの言葉に真面目に耳を傾けていたようだったので」

言われてみれば、駿也は蘇芳に対しては駄々っ子のような態度でろくに話を聞こうともしなかったのに、なぜか光春の言葉には黙って耳を傾けていた。

「遠野さんは本当のことしか言わないので、言葉に重みがあるのかもしれません」

そうだろうか。自分の言葉なんかが、といつもなら尻込みするところだが、光春は束の間黙り込んだ後、蘇芳を見上げて小さく頷いた。

「そうだったらいいな、と思います」

自分の言葉だってきっと誰かに届く。そうであることを願ってさらに続けた。

「駿也さんの件、僕でよければ協力させてください。これも何かのご縁ですから」

蘇芳の恋人だった駿也に対するわだかまりがないではないが、心配する気持ちも本物だ。

蘇芳は自分の言葉を正面から受け止めた光春を眩《まぶ》しそうに見詰め、目元に笑い皺を刻んだ。

「俺も今後は花屋の仕事だけでなく、除霊も積極的に行っていこうと思います」

「花屋と祓い師の二足のわらじですね」

「いいえ、祓い師の方は本業にはしません。基本的に俺は、貴方専属の祓い師なんです」

大々的に宣伝はせず、あくまで光春の行動範囲に踏み込んできた相手にだけ声をかけるスタンスを貫くつもりらしい。

「僕だけですか？」

「もちろん。貴方は特別なんです」

言い切った蘇芳の表情に浮ついたところは一つもない。

その言葉を疑う気にはもうならず、僕も、と光春は口の中で呟く。

光春にとっても、蘇芳は特別な存在だ。

今まで誰にも信じてもらえなかった話を初めてまともに聞いてくれた人で、初めて好きだと言ってくれて、特別にしてくれた。さらに憑かれやすい光春にとってはありがたいことに、除霊ができるという特技まである。

類稀《まれ》な能力の恩恵を失いたくないばかりに蘇芳にしがみついてしまうのでは、と危惧したこともあったが、今は胸を張って否定できる。

滴るような色気を振りまき、甘い口説き文句を惜しみなく浴びせてくるくせに、光春のささやかな言葉に驚くほど喜んでくれる蘇芳が愛しい。自身の努力を光春に褒められただけで顔を赤らめていた昨日の蘇芳の姿を思い出せば、自然と口元がほころんだ。

明日突然蘇芳から霊力が消えたとしても変わらず好きだ。断言できる。

(なんて僕が思ってることも、言葉にしない限り伝わらないんだな)

ならば伝えなければ。蘇芳が店先でいつも花束を差し出してくれるように、自分も言葉を束ねて差し出したい。

光春は胸に散らばる言葉を一つずつ丁寧に集めながら、蘇芳の耳元に唇を近づけた。

あとがき

中途半端に開いているカーテンの隙間が恐い海野《うみの》です、こんにちは。

指二本分の隙間の向こうにもしも何かが潜んでいたら。そんなことを考えてしまい、夜中にカーテンが少しだけ開いているのに気がつくとちょっと憂鬱になる、というようなことを学生の頃友人にこぼしたところ、心霊現象に全く興味がない友人はこう言ってくれました。

「でも、怖いものが外にしかいないとは限らないよね？」と。

「その言い方だと家の中にすでに何か怖いものが潜んでいるということになるけどなんでそんな怖いこと言うのマジでやめて家の中は絶対に安全だという前提を覆さないでくれる⁉」とノンブレスで詰め寄った記憶があります。なぜ追い打ちをかけるのか。

ちなみに友人はサバイバルゲームをたしなんでおり「万が一窓の外に何かいたとしても、相手は家の中の配置がわかっていないし、どこから住人が飛び出してくるかもわからないしで相当緊張しているはず。侵入者側が圧倒的に有利というわけでもない」と言って私を宥めてくれました。それは生身の人間にしか通用しない言い分では、という気もしますが、友人の口調が真剣だったのでまんまと説得された記憶があります。

そんなくだらないやり取りを思い出しているうちに数センチの隙間に対する不安は薄れ、何事もなく窓辺に近づきカーテンを閉め直せているので友人には感謝しております。

そんなこんなで今回は幽霊絡みのちょっと怖いお話でしたが、いかがでしたでしょうか。私自身は怖い話が大好きなのですが、いざ自分で書くとあまり怖くならない気がして難しいです。今回もかなり悩みながらの執筆となりました。

反対に楽しく書いたのは攻の蘇芳でした。雑誌に掲載していただいた前半部分を久々に読み返したときは「私こんな陽キャっぽい攻書いてたんだ⁉」と自分で驚きました。思わせぶりな態度でぐいぐい来る華やかな攻はいいですね。容姿を爆上げできたのも楽しかったです。

攻の容姿をあれこれ書き込んだ今作のイラストはコウキ。先生に担当していただきました。凄い。爆上げてもまだ足りない、と真顔で呟くほど麗しい蘇芳と、楚々とした美人の光春。眼福です……！　コウキ。先生、素敵なイラストをありがとうございました！

そして末尾になりますが、この本を手に取ってくださった読者の皆様、本当にありがとうございます。少しは怖いお話になっていましたでしょうか。もしカーテンの隙間が気になったときは、私の友人のセリフなど思い出して心を落ち着けていただけますと幸いです。

それでは、またどこかでお会いできることを祈って。

海野　幸《さち》

この本を読んでのご意見、ご感想を編集部までお寄せください。

《あて先》〒141－8202　東京都品川区上大崎3－1－1　徳間書店　キャラ編集部気付
「逢魔が時の花屋で会いましょう」係

【読者アンケートフォーム】
ＱＲコードより作品の感想・アンケートをお送り頂けます。
Ｃｈａｒａ公式サイト http://www.chara-info.net/

■初出一覧
闇に香る赤い花……小説Chara vol.44（2021年7月号増刊）
花と言葉を束にして……書き下ろし

Chara

逢魔が時の花屋で会いましょう

……【キャラ文庫】

2023年7月31日　初刷

著者　海野 幸
発行者　松下俊也
発行所　株式会社徳間書店
〒141-8202　東京都品川区上大崎3-1-1
電話　049-293-5521（販売部）
03-5403-4348（編集部）
振替　00140-0-44392

印刷・製本　図書印刷株式会社
カバー・口絵　近代美術株式会社
デザイン　おおの蛍（ムシカゴグラフィクス）

ISBN978-4-19-901105-4